홍해를 가르는 경운기

김미향 회갑기념 첫 시집

홍해를 가르는 경운기

좋은땅

추천사

박상미 교수

한국 의미치료학회 수련감독 · 한양대학교 대학원 교수

"김미향 상담사님이 책을 쓰셨어요."
상담사 백여 분이 모인 자리에서 제가 이렇게 말했더니, 다양한 반응들이 나옵니다.
"아, 항상 유쾌하고 즐거운 그분이죠?"
"매사에 초긍정적인 분이라 그분 책은 무조건 읽어 보고 싶어요!"

김미향 심리상담사님은 한국 의미치료학회에서 긍정적이고 유쾌하고 푸근한 공감 능력자로 알려진 분입니다. 이 책을 읽고, "역시!"라는 감탄사가 나왔어요.

김미향 상담사님의 마음을 닮은 시와 사진, 글들이 위로와 행복으로 제 마음을 가득 채웠습니다.
자연, 동물, 식물 이야기, 사람 이야기, 가족 이야기…. 모두 '김미향'만의 따뜻하고 즐겁고 행복한 위로가 담겨 있어요.

책을 읽는 것만으로도 세상이 따뜻해집니다.

가족을 더 사랑하고 싶어집니다.

힘들 때마다 이 책을 꺼내 보겠습니다. 따뜻한 상담을 받은 기분입니다.

황분득 사모

종교교회 (전)사모의 전화 회장 · 서울가정법원 협의이혼상담사 역임

"구슬이 서 말이라도 꿰어야 보배다."라는 말이 맞습니다.

김미향 사모를 사모의 전화(교회 사모님들을 상담하는 전화)에서 주최하는 사모상담학교와 상담교육 과정에서 처음으로 만났었지요. 만날 때마다 느끼는 감정은 솔직하고 담백하며 거침없는 후배 사모였습니다. 세상에 이런 분도 계시는구나. 그러면서 놀랍기도 하고 재미있었고, 유쾌하였습니다. 과연 이런 김 사모의 에너지는 어디서 나올까? 성격적인 유형도 있겠지만, 영적인 것과 가정과 환경에서 받는 에너지가 크겠구나…. 라는 생각을 떨쳐 버릴 수 없었습니다.

교회 사모는 일정 부분 그 위치와 역할에 따른 자신의 페르소나라는 것이 있는데, 있는 모습 그대로 드러낼 수 있는 용기에 큰 박수를 보냅니다.
어느 날 장성한 자식들 훌훌 다 떠나보낸 빈자리에서, 빈 둥지 증후증인 우울감에 빠지지 않고, 오히려 자신을 보게 되었지요. 한 단계 더 성숙해진 모습으로 승화되었지요. 너무 놀랍고 깊게 숨겨진 보물을 끄집어내기 시작하였습니다.
이제 막 끄집어내어서 잘 다듬어지지 않아서 좀 거칠지만, 꾸밈없는 모습, 소탈한 모습 그대로입니다.

한국교회 기독교 역사 탐방 팀이 찾아오는 역사적인 교회의 바쁜 목회 일정, 악기라면 거의 모든 것 섭렵, 배우고 가르치고 숨 쉬기도 바빴을 텐데 글 쓰고 사진 찍고, 원더 우먼이 바로 김미향 사모입니다.
이번 첫 번째 시집을 읽는 모든 분들이 자신 속에 감춰진, 꼭꼭 숨겨 놓은 보물을 끄집어내는 계기가 되길 바랍니다. 저 역시도 그렇게 할 것입니다. 제게 많은 용기를 주셨기에 오히려 감사합니다.

염유창 작가

추리스릴러 소설 『지금부터 낚시질을 시작합니다: 팩트 피싱』 저자

이 시집은 사람 냄새 물씬 풍기는 아내의, 엄마의, 자녀의, 할머니의, 신앙인의 노래다.

소박하고 평범하지만 진솔하고 친근하기에, 한 편 한 편이 우리네 이야기 같기에, 눈이 가고 귀를 기울이게 된다.

동네 산책 중에 만난 꽃 한 송이, 가족들 생일에 지은 애정 가득한 삼행시, 손주의 재롱을 보고 떠오른 감상, 아웅다웅하면서도 금슬 좋은 부부애 등이 꾸밈없이 한가득 담겨 있다.

에세이 같기도 하고, 일기 같기도 한 이 시집은 그래서 더 특별하고 정겹게 다가온다. 시에 곁들여진 사진은 이 시집의 화룡점정이라고 할 수 있다. 시를 읽고 살며시 올라갔던 입꼬리가 사진을 보면서 절로 만개하게 되니까.

소소하지만 소중한 순간들이 켜켜이 쌓여 일생이 되듯, 이 시집은 가족과 일상을 순간순간 소중하게 포착하고 노래한 시인 자신의 인생집처럼 느껴진다.

서문

문학 소녀도 아니었고
시 한 편도 써 보지 않은 내가
회갑 기념 시집을 출판하는 것은 기적 중 기적입니다.

연년생 3형제를
시골 목회하면서 키워
막내를 대학으로 떠나보낸 어느 날

매번 바라보던 논밭, 들판, 자연 만물들이
새롭게 보여 눈을 의심하고 볼을 꼬집어 보았고
너무 아름다운 그것을 그대로 옮겨 가족 톡방에 올렸습니다.

시인이라며 칭찬해 주는 가족들이 고맙지만
미사여구도 없고 시답지 않은 시라며 자신 없어 했지만
직접 경험한 생활시가 더 감동이라며 시집을 내야 한다고 격려한 것이 결실을 맺었습니다.

시의 배경이 된 강화는 참 좋은 곳인가 봅니다.

무엇보다 자녀들이 강화에서 청소년기(초5, 초6, 중1)부터 지내다 장가들어 손주들이 태어났고, 손주들 사진을 찍고 말풍선을 만들어 글로 쓰다 보니 글이 더 풍성하게 되었습니다.

분량이 너무 많아 몇 차례의 선별 작업하면서 내려놓는 것에 고통을 느끼며 남편의 설교가 길어질 수밖에 없는 이유를 깨달았습니다.

이 글들이 책이 되어 세상에 나올 수 있도록 문을 열어 주신 가족과 친지들, 성도님들에게 진심을 담아 감사를 드립니다.
출판 수익의 전액은 미혼모 가정을 위해 쓰입니다.

모든 영광 하나님께 돌립니다.

2022. 12. 21.

목차

1-1 자연

1-2 동물

1-3 식물

1-4 기타

2-1 부모

2-2 부부

2-3 자녀

2-4 손주 해솔

2-5 손주 산들

2-6 손주 열매와 진솔

1-1
자연

눈꽃

어제는 종일 봄비가 내리더니
밤사이 눈으로 바뀌었다

봄꽃이 꽃망울을 터뜨리기 시작할 때
봄을 시샘하는 눈이
천지를 뒤덮는다

눈꽃 핀 나무 사이로
햇살이 파고들어
눈꽃을 빛나게 하고
하늘은 청량감이 가득하다

첫 손자 해솔
어린이집 처음 가는 날
작은 민들레 눈꽃이
축하 메시지를 보낸다

2021. 3. 2.

물에 빠진 마음

이른 아침

앞마을이 물속에 빠져

건지러 갔다

건져 주려다

나도 빠지다

마음까지

촉촉이

흠뻑 젖다

2016. 4. 28.

꽃비

봄비 흠뻑 먹은 벚꽃
꽃비 되어 내린다

소리 없이 봄을 알리더니
소리 없이 가려나 보다

장독대
솥단지 안에
살포시 내려앉는다

너무 황홀해 걷지 못하고…
밟으면 다칠까 걷지 못하고…

맘속에 담아 놓고
멀리서 떠나보낸다

2021. 4. 13.

바람춤

바람은 춤꾼

논바닥 지푸라기
기하학적 무늬로
물 위에서 춤추게 하고

하늘로 올린 연
외줄 타고
하늘 높이 춤추게 한다

생명의 바람
에스겔 골짜기 마른 뼈를
하나님의 군대로 서게 하고

성령의 봄바람
메마른 영혼 소생시켜
내 영이 춤추게 한다

2022. 4. 6.

요세미티 폭포

사람 키보다 높은 만년설
빙하가 따스한 햇빛 받아
녹기 시작하면
말꼬리 모양
면사포 모양으로
740m* 장관을 이룬다

높은 곳에서 낮은 곳으로
떨어지며 부서지고 깨어진다

아프다고 울며 굉음을 내지만
부서져야 아름답다
깨어져야 눈부시다

높고 높은 보좌에서
인간의 몸으로
세상에 오신 예수여!

* 740m면 도봉산의 높이와 같다.

우리도

더 낮은 곳으로 임하게 하소서…

부서져 겸손하게 하소서…

깨어져 당신 닮게 하소서…

2017. 5. 15.

가뭄

저수지와 수로가 바닥을 드러낸 지 오래
높새바람까지 불어
간신히 심겨진 벼들도 거북등에서 살기 위해 발버둥 친다

사람들의 마음은 갈수록 예민해지고
얼굴엔 웃음을 잃고 수심만 가득
교동에서는 물꼬로 살인사건까지 일어났단다

아랫집에서 빨래를 하면 윗집 물줄기가 가늘어지고
햇반을 사다 놓아야 하고 집에서 목욕은 생각도 못 한다

나의 영적 상태는 어떤지 생각해 본다
가뭄인데 느끼지도 못하고 있는 건 아닌가?
내 안에 충만함이 있어야 흘려보내는데 메마른 건 아닌가?

주님! 회개합니다
소변 몇 방울 보고 엄청난 양의 물을 흘려보내고
물을 물 쓰듯 하고 일회용품을 무분별하게 쓰고

비닐봉지를 먹여 고래를 죽게 한 죄
이런 것들이 죄인지도 모르고 지냈던 죄

환경 보존이 우리의 신앙 고백이오니
내가 할 수 있는 것들을 찾아
실천하게 하옵소서!

생수의 근원 되신 주님
우리 마음과 이 땅에
단비를 내려 주옵소서…

2015. 6. 5.

앵두

일회용 비닐장갑 끼고 나무 사이를 훑는다
깨끗이 씻어 하나씩 먹자니 날 새겠다

큰 수저로 한입씩 넣고 터뜨린 후
목젖을 타고 과육을 보내고
입술과 이 사이로 모은 씨는 후~ 불어 버린다

맛도, 빛깔도, 모양도 예쁜 앵두
철정이라는 옛 관리가
성종과 연산군에게 앵두를 바쳐
마음을 사고 활을 하사받았다는 기록을 보니

사과 박스에 고액권 담아 차떼기(150억)하다
망신당한 이 시대에 비교할 수 없는 미담이다

앵두의 꽃말 수줍음
앵두 많이 먹은 주둥이 내밀어 입술 바쳐 봐야겠다

2016. 6. 23.

양떼구름 사이로

양떼구름 사이로
목자 예수 그리스도께서
나를 안고 계셨다

사랑의 긴 팔로
나를 안으신 그분은
다른 양들을 부탁하셨다

내 양을 먹이라
내 양을 치라
내 양을 먹이라

2021. 7. 14

양털구름

파란 하늘 위로
양털 카펫 깔렸다
우리 손잡고 걸어 볼까나

파란 하늘 위로
양털 사다리 걸렸다
우리 손잡고 올라가 볼까나

십자가로 이 땅에 오신
포근한 사랑
그 사랑 나누다 오라 하신다

2021. 9. 18.

여수 금오도

순교자 이기풍 목사님의 피가 흐르는 이곳
예수 보혈로 구원받은 마음에
빨간 동백꽃 피어난다

상한 마음 치유하시고 기름 부으신 머리 위에
윤기 자르르한 동백 잎 피어난다

하얀 물새들 날아와 주린 배 채우며
쉼을 가질 때 내 영혼 안식을 얻는다

해안가 기암절벽 오르내리며 비렁길 걸을 때
사망의 음침한 골짜기에서 건져 주셨던 주님 만난다

내 영혼 사슴처럼 뛰놀며
뜨거운 사랑 불타오른다

2012. 10. 8.

가을 이야기

올가을은 유난히 비가 많이 내렸다
마당 공사하느라 자리 옮긴 나무들이 몸살 않고
사다 심은 잔디들도 잘 자라게 그랬나 보다

올가을은 유난히 코스모스가 예뻐 보였다
배기가스 마시면서 오가는 사람 인사하는 모습이
우리 여선교회 회원들 닮아 보여서 그랬나 보다

올가을은 유난히 잠자리들이 많아 보였다
강화교산교회 주위를 날아다니는 모습이
110주년 존스 기념 예배당 축하 비행 위해 그랬나 보다

2003. 11. 13.

노을

노을이 아름다운 건
한낮 뜨겁게 살았기 때문이야
큰며느리 될 지송 인사하러 왔던 오늘
20대 뜨거운 열기
의욕으로 타오르는 청춘이기에…

노을이 아름다운 건
내려놓음 때문이야
아름답고 찬란했던 날들
추하고 시들시들했던 날들
다 비워 저 낮은 곳으로…

노을이 아름다운 건
색이 다양하기 때문이야
역사 탐방 왔던 베트남 학생의 눈물
서로를 인정하며 조화를 이루어
더불어 살아가야 하기에…

노을이 아름다운 건
아프기 때문이야
제2의 사춘기인 중년
몸뿐 아니라 맘도 아픈데
아프다, 외롭다 말하기 어렵고
불협화음의 조화로 다시 떠오를 수 있기에…

노을이 아름다운 건
바라보는 내가 있기 때문이야
나도 저렇게 아름답게 물들 수 있을까?
지금 멋지게 늙어 가는 것일까?
서로의 마음에
아름다움을 주는 사람이어야 하기에…

2017. 10. 6.

1-2
동물

가마우지

가마우지가
가만히 떠다니는 물고기를
가만히 살피고 있기에
가만히 다가가 카메라에 담는다

가만히 오래 서 있기에
가마우지를 불렀더니
가만히 있지 않고
우당탕탕 도망친다

2020. 10. 1.

강산이와 호돌이

등산 가는 길 매일 만나는 이웃집 개 강산이와 호돌이
둘이 열심히 짖다가도 호돌이는 눈을 마주치면
얼굴을 슬며시 돌리는 순둥이다

어느 날 호돌이가 갑자기 죽자
강산이는 밥도 안 먹고 호돌이 집만 들여다봐서
커다란 항아리로 막아 놓고
강산이 맘을 달래려고 매일 산책시키신단다

상실의 슬픔이
개들에게도 있는 걸 보니 맘이 짠하다

아버지 돌아가신 지 벌써 6년째
씩씩하게 살아가시는 엄마가 고맙다

주위에 있는 사람들에게 잘하자
있을 때 잘해야지 후회하지 말고…

2022. 1. 10.

검둥이

러시아 통나무집 한국인 주인이
8년 전 강아지 때부터 키웠다는 검은 개
겨울잠 자는 곰을 깨우는 사냥개란다.

개 짖는 소리에 우리가 온 줄 알았다며
반갑게 마중 나온 여주인

문 안으로 들어가는 순간 검둥이는 짖지도 않고 온순하다
우리가 언제부터 이렇게 친했지?

외국인이 들어오면 나갈 때까지 짖는데
자기 주인과 같은 체취의 우리에게는 호감으로 다가왔다.

주인을 섬기고 주인의 친구까지 알아보는 개를 보며
나는 얼마나 주님을 섬겼고
주님의 자녀들에게 어떻게 대했나 돌아본다

2012. 7. 러시아 PDTS 아웃리치

검은등뻐꾸기

4음절 새소리에 남편이 휘파람으로 흉내를 내면
사이비는 물러가라며 더 크게 울어 댄다

한밤중에도 애절하게 울어 댄다
피아노로 음을 확인해 보니 라솔솔파 또는 라솔솔미

라솔솔미로 검색하니 검은등뻐꾸기(Indian Cuckoo)
밤에도 울어서 그런가? 닉네임은 홀딱 벗고 새이다

어떤 이는
혼자 살꼬, 둘이 살꼬, 너도 먹고, 나도 먹고,
홀딱 벗고, 오빠 만세 한다는데…
그날그날 듣는 이의 사정에 따라 다르게 들린단다

오늘 우리 부부에게는
소갈딱지, 그만 부려
소갈딱지, 그만 부려

2020. 5. 28.

고라니

물을 좋아해서 물사슴
노루보다 몸이 작아 복작노루
어금니가 있어 어금니 노루라 부르는
세계적으로 멸종 위기 야생 동물 고라니가 나타났다

도시는 개발로
농촌은 농지와 도로가 늘어
서식지가 줄어들어 마을 가까이 내려온다

농작물을 자라기도 전에 먹어 치워
집집마다 설치한 고라니 망 뚫고 들어가지 못하니
울타리 없는 우리 집으로 왔나 보다

겁이 많아 작은 소리에도 놀라 도망가기에
몸을 숨기고 숨죽이며 창문 너머로
연거푸 찍어 댄다

저렇게 착하고 겁 많은 짐승이

살기 위해 내려오다 로드킬 당하고

고라니 피하려다 교통사고로 사람도 죽으니 비극이다

도시 수목원들도 피해가 심해

수목원 옆에 고라니 정원을 만들어

같이 살 수 있는 길을 마련한다 하니 그나마 다행이다

2020. 8. 8.

산비둘기

꾸꾸(으)꾸꾸/꾸꾸(으)꾸꾸
중간에 쉼표를 넣어 박자에 맞춰 노래도 잘하는 산비둘기
숲속에서 짝 찾기 위한 애절한 울음 울다
번식 후에는 농경지 주변에 내려와
곡식, 열매, 씨앗 등을 먹는다

요즘 노란콩, 까만콩 등
어찌 알고 와서 다 파먹는지…
이에 대비하여 옆에서 싹을 틔워 2차, 3차 다시 심는다

딱딱한 것을 먹지 못하는 새끼를 위해
어미 목 모이주머니 안쪽에 피죤 밀크 젖을 만든다니
자식을 향한 부모님의 사랑을 다시 생각하게 한다
암수 모두 젖이 나와 새끼에게 먹인다는데
남자도 젖이 나와 수유한다면 여자들이 얼마나 좋을꼬…

노아의 방주 때 통신용으로 사용된 산비둘기
요즘 경주용으로 사용되는데 몸값이 4억이 되는 것도 있단다

예전에는 통신용으로 몸을 헌신한 이로운 새가
요즘은 농작물에 피해를 주는 해로운 새가 되었으니
제발 농사짓는 우리 교인들 힘들게 하지 말아라

새가 싫어하는 철분 냄새를 입힌 콩을 개발한다는데
철분코팅술이 빨리 도입되기를 바란다

2020. 6. 28

송충이

해솔아! 송충이가 하늘을 날고 있어~
날개도 없는데 어떻게 날 수 있을까?

눈에도 잘 보이지 않는
외줄을 타고 오르락내리락하다가
오늘 밤에는 거미의 먹이가 될 거란다

어떤 녀석은 할미 목 위로 떨어진 거야
으악~ 소리를 질렀더니
"산에 송충이 있는 거 당연한 거 아니야?"
할배가 그러시는구나

세상만사 당연하게 받아들이는 할배에게는
놀랄 것이 아무것도 없지~
당연한 말을 해서 미안하다고 했더니 배시시 웃으시더라

이담에 해솔이 색시가 그리 놀라면
"으이~ 징그러웠지? 많이 놀랐구나?

그 녀석이 예쁜 사람을 제법 알아보네~" 그러렴
할미 신혼 때는 생쥐가 방 안에 들어왔었는데
도망치는 날쌘 쥐까지 잡아 주었던 할배가
이젠 모든 걸 달관한 영감님이 되셨단다

2021. 8. 5.

우렁농법

우렁각시가 벼에 낳은 빨간색 알이 부화되어
논바닥에 우렁이 새끼들이 지천이다

우렁이들이 자라나는 풀들을 먹어 버려
제초제 쓰지 않고 벼농사를 지으니
좋은 쌀을 먹을 수 있고
우렁요리도 해 먹을 수 있으니 일석 3조다

벌써 이른 벼에 벼꽃이 피고
벼 이삭이 고개를 숙이려 한다

연일 장마가 계속되는 이상 기온에
벼야! 무럭무럭 잘 자라 대풍 이뤄라

우렁아!
모든 잡풀 잘 부탁한다

2020. 8. 5.

쟁기질

겨우내 묵었던 논을 갈아엎는 계절
홍천에서는 두 마리 겨릿소가 쟁기 끄는 시연을 하였단다

경험 많고 일 잘하는 안소는 왼쪽
일 갓 배우기 시작한 마라소는 오른쪽
농부의 회초리는 왼손에 들려 있다

안소를 잘 다스리면
마라소는 저절로 배우며 따라온단다

등산하고 내려오다 쟁기질 끝낸 논에서
써레질하는 트랙터 2대를 만나다

넓은 논에 혼자서 일하면 심심해서 같이하나?
한 사람은 베테랑이고 한 사람은 초보자인가?

안소이신 예수께서 멍에를 같이 메자 하신다
마라소가 되어 온유와 겸손을 배워

함께 하나님의 밭을 갈자 하신다

써레질 마친 논에는 하늘이 들어와 앉아 있다

나는 언제쯤 하늘을 담은 논처럼

받아 주는 부드러운 사람이 될 수 있을까…

2021. 5. 17.

청설모

역사관 옆 잣나무는
청설모의 식당 겸 놀이터

오늘은 사진 찍으라며
한참 포즈를 취하더니
머리부터 수직으로 오르락내리락
가느다란 가지 위에서도
균형을 잡으며 곡예를 펼친다

꼬리가 큰 걸 보니
더워나 눈 올 때
양산으로 쓰고도 남겠다

쥐목 다람쥐과에 속한
청설모와 다람쥐는 귀여운데
왜 쥐는 싫을까?

2019. 4. 7.

풍뎅이

매일 참나무 수액을 먹다가
오늘은 다른 것이 먹고 싶어 산책 나왔어요
바람이 솔솔 불어 풀잎 끝에서 그네를 타다 보니
배고픈 것도 잊었네요

등산하시던 할머니가 손주들 보여 준다며
사진과 동영상을 찍으시며 내 빛나는 등을 보고
우와 우와~ 감탄하시네요

처음에는 놀라고 긴장해서 웅크렸지만
계속 우와 우와~ 예술이다 감탄하셔서
차례차례 앞다리와 뒷다리를 펴며 포즈를 취했어요

해는 뜨거워지고
풀잎 끝에서 떨어지면 등 다칠까 위험하다고
시원한 땅 그늘 아래로 내려놓으셨어요

옆에서 보시던 할아버지는

힘들게 올라온 풍뎅이를 왜~ 내려놓냐며

등은 전갈도 못 뚫을 정도로 단단하다고 지청구하시네요

다 날 생각하시는 것 같은데 곤란해서 아무 말도 못 했어요

2021. 7. 29.

서울 매미의 고뇌

시골 생활이 따분하고 갑갑해서 도시로 이사 갔다
높은 빌딩 번쩍이는 네온싸인 구경거리가 많았지만
시골처럼 쉴 곳이 많지 않다

나무에 매달려 사랑의 노래를 불렀지만
집집마다 TV, 에어컨 소리, 거리마다 자동차 소리……
예전보다 더 크게 울어야만 한다

목청을 높여 소리 지르니 성대 결절과 몸이 늘 피곤하며
시끄럽다고 돌도 던지며 민원으로 나무가 베어지고
매연 속에 사는 것이 말이 아니다

인간 문명의 소란함과 밤을 낮처럼 밝힌 도시 소음이
이렇게 무서운 것인 줄 몰랐다

조용히 불러도 짝을 찾을 수 있는
시골 매미가 부럽다

2014. 8. 8.

1-3
식물

개망초

누가 씨를 뿌리지도 않았는데
봄이 되면 여기저기 새순이 돋고
개망초 하얀 꽃이 지천이다

하얀색 원 안에 노란색이 있어
계란후라이 꽃이라 부르기도 하고
풍년초 또는 담배 나물이라고도 한다

삶아 보니 담배 냄새 비슷한 냄새가 나서
한참 물에 우렸다 된장에 무쳤더니 밥도둑이 따로 없다

봄철의 어린 새순은 거의 식용이 가능하고
독성이 있더라도 삶으면 사라지니
봄철 보약을 지천에 깔아 놓으신 이에게 감사드린다

그래서 6·25 때 이 나물로 연명했다 하니
고마운 식물이다

2020. 4. 29.

넘어진 거목

한강과 임진강이 만나 바다로 흘러 나가는 곳 연미정
시 유형문화재 24호 높이 25m 둘레 5m의 5백 년 넘은
느티나무가 태풍 링링에 풍비박산 났다

오랜 세월 강화를 지키며
무엇보다 한양으로 들어가는 뱃길의 요충지로
많은 사람들의 시끌벅적한 소리를 다 들어주던 나무

사람도 나이 들고 세월이 지나다 보면
골다공증으로 쉽게 넘어지고 부러지듯
나무도 그랬나 보다

여러 사람들의 말 들어주느라 고생 많았다
잘 쉬어라

고추 향수

수확의 계절 전국 곳곳에서 축제가 한창이다
요즘 새벽 기도실 문이나 교회 차 문을 열면
고추 축제 열기가 맵고 뜨겁다

밤낮 고추 손질로 온 집 안 고추 냄새
옷이고 몸이고 고추 향수를 뒤집어쓴다

프랑스 유명 고급 향수보다 자연의 천연 고추 향수는
매콤하고 알싸한 선물이다

매운맛의 캡사이신은 항암 효과, 비만 예방, 비타민 듬뿍,
시력, 피로 회복에 좋단다
그래서 그런지 큰돈이 되어 돌아와서 그런지
벼농사보다는 고추 농사가 재밌단다

세계 하나뿐인 우리나라 대학 청양대 고추 먹고 맴맴과
우리 교우님들 그 어떤 향수보다 향기로워요

2015. 10. 1.

대추꽃향기

성덕산 등반 후 덕진네 밭으로 내려오다 보면
아카시아 향처럼 기분 좋은 향이 은은하게 난다
꽃이라고는 열매에 비해 볼품없는 좁쌀만 한 대추꽃
범인은 바로 너였구나…

은은한 향 코 평수를 넓혀 취해 본다
다닥다닥 맺힌 존재의 따스함이 앙증스럽다
열매에게만 집중하다 보니 꽃이 있다는 것도
향이 이렇게 좋다는 것도 이제야 알았다

알게 모르게 달콤한 향기 풍기며 살아라
열매처럼 사랑과 행복 주렁주렁 맺고 살아라
아들 딸 많이 낳고 잘 살아라
폐백 할 때 대추 던져 주는 이유를 이제야 알았다

코끝에 밴 대추꽃향기로 몸 가누기 어려웠다

2020. 7. 1.

등골 휜 소나무

등골이 휘어지도록
아이들과 놀아 주었으니
얼마나 힘들었을까?

그 아이들이 건강하게 자라는 것을
매주일 볼 수 있었으니
얼마나 좋고 대견했을까?

뿌리가 깊어 어떤 풍파와
고통 속에서도 고사하지 않고
예술품으로 살아남았노라

신앙의 뿌리도 깊게 내리면
어떤 시련도 이겨 낼 수 있다고
묵묵히 얘기하네

고통 없이는 멋스런 인생을
살 수 없노라

자신 있게 얘기하네

2019. 3. 23.

사랑표 잡초밭

머리 숙여 잡초를 뽑으니 겸손을 묵상하게 된다
목장갑 끼고 두 손으로 잡초의 목을 비튼다
두 팔과 열 손가락 손톱이 얼얼하고 온몸이 쑤셔 온다

계속할 수도 끝낼 수도 없는 상황
번개처럼 기발한 생각이 떠오른다
호미로 하트 모양을 그리고 선 밖의 잡초들만 뽑았다

난 신성한 노동을 하다가
잡초로 작품을 만드는 전위예술가로
온몸으로 퍼포먼스를 하는 행위예술가로 변신해 있었다

온 천지는 작품의 무대
사랑이여~ 잡초의 생명력처럼 강인하라

땅 도화지 사랑표 잡초밭 안으로
고단함을 묻는다

2015. 8. 21.

진짜 배추

배춧국이 먹고파
배추 잎에 붙은 달팽이
너가 있어야 비싼 몸인데

농약을 뿌려 번지르르하게
상품 가치 있게 길러야
비싼 값을 받으니

어떤 배추가
고가의 진짜 배추인지
너는 알고 있지

어떤 농부가
좋은 농부인지
너는 알고 있지

구멍 나고 못생겼지만
너는 진짜다

나도 그렇다고

주께서 말씀하신다

2022. 6. 4.

참나무

참나무마다 배구공만 한 크기의 구멍들이
움푹 패여 썩거나 새살이 돋아
메워진 곳을 여러 군데 발견했다

상수리나무, 도토리나무가 열매를 맺으면
시차를 두고 익어 가면서 하나씩 떨어뜨리는데
가난했던 시절 더 많이 더 빨리 열매를 거두려고
떡메나 오함마로 나무를 내려친 자리란다

말 못 할 아픔과 두려움에 떨던 나무는
위협과 생존의 위기를 느끼며
열매를 내어준 것이었다

나무들을 쓰다듬으며 미안하다고 용서를 빌었다
배고플 땐 먹고살려고 그랬다지만
이젠 먹고살 만한데도 건강에 좋다고
야생 동물 먹을 것까지 다 가져오는 인간이 되었다

잘 참아서 참나무인가?

자연의 순리를 지키며 함께 산다면 얼마나 좋으랴!

2018. 1. 21.

철쭉 떡병

철쭉 잎 아래 불그레한 예쁜 떡을 발견
지식인에게 물어보니 철쭉 떡병이란다

이 예쁜 색이 시간이 지나면
병원균에 의해 흰색으로 뒤덮인단다

깔때기처럼 아래 뚫린 곳으로
작은 애벌레 같은 것들이 손바닥에 떨어진다

나무 건강에는 큰 피해가 없으나
미관을 해쳐 '미관 훼손 병'이라고도 부른단다

작은 나뭇잎에 이 무거운 것이 달렸으니
얼마나 힘들고 괴로웠을까?

미국에서는 핑스터 애플(Pinkster apples)이라고
진미로 즐겨 먹기도 한다는데 병균을 어떻게 먹나…

보는 것 자체로 아름다운 떡병

신기할 따름이다

2019. 7. 13.

호박고지

호박을 잡아
씨를 빼고
껍질을 벗긴 후
켜서 말린다

손주 산들 첫돌이 되면
호박 설기에 넣을 보물이다

손주를 생각하면
힘들어도 힘든지 모른다

건강하게 쑥쑥 자라
달콤함을 선물하는 사람 되길
할미는 기도한다

2020. 12. 4.

회양목 가지치기

철쭉 옆 회양목 새끼 가지는
위로 뻗으면 들킬세라
조심히 아래로 다가가 철쭉 뿌리 옆에 자리를 잡는다

하루 이틀 시간이 지나
철쭉 자리에서 문어발처럼 올라가기 시작한다

낫으로 철쭉 아래 문어발을 힘껏 빼내어 자르고
발도 못 붙이게 만든다

죄란 놈 나도 모르게 살며시 들어와 자리 잡고
어느새 나도 감당 못 하게 자라는 것과 같다

내 맘에 자리 잡고 머리 위에 똬리 틀지 못하게
모양이라도 버리고
성령의 검으로 깨끗이 잘라 내야 한다

2014. 7. 30.

진달래

고려산 기슭
연분홍빛 진달래
수줍은 새색시
붉은 볼 같아라

고려산 기슭
분홍빛 진달래
시집가는 새색시
비단 이불 같아라

고려산 기슭
진분홍빛 진달래
설레는 첫날밤
불타는 가슴이어라

2008. 고려산 진달래 축제

1-4
기타

홍해를 가르는 경운기

잘 보이지 않는 논둑길
어차피 들어섰으니 앞만 보고 달리자
핸들 조금만 잘못 틀어도 논바닥에 처박힌다

어떤 파도가 몰아칠지라도
처한 상황과 환경을 두려워하지 말고
운전자 되신 주님 믿고 앞으로 나아가자

내 앞에 보이는 영원한 집
그곳 향해 끝까지 푯대를 향해 가자
경운기처럼 천천히

2014. 4. 11.

집 앞 모심기 전의 논들이 저수지의 물로 가득 차면
모르는 사람들은 호수인 줄 안다.
어느 날 기막힌 이 광경을 보고 시를 썼고
내 시를 본 자녀들이 화답 글을 보내왔다.

1.

이제 둘러보라 아름다운 주변을
천천히 느껴 보라 창조주의 자연을
너무 바쁘게 앞만 보고 달리고 있지 않은가?
너무 힘들게 하루를 살고 있지 않은가?
한 템포 천천히, 슬로우 슬로우

아름다운 새소리와 물소리를 들을 수 있는
경운기 속도로 달려 보자
아름다운 강과 듬직한 산처럼
내 주변에 있는 귀중한 이들을 보자
호수같이 나의 마음을 받아줄 수 있는 그분을 보자

혼자 가면 힘들고 허무할 인생 쉴 틈 없이 달려왔는가?
이제는 경운기처럼 걷자
그분과 동행하고
그분을 느껴 보자

2.

이랴 이랴 경운기야 가자
이랴 이랴 뷔페로 가자(사순절 금식으로 배고픈 아들)

3.

시동이 걸린다

앞으로 이끈다 그게 나의 인생이다

경운기야 네가 물 위를 걷는구나

네 속에는 거짓과 욕심이 없고

순종이 있을 뿐이니…

공사 중

PDTS 아웃리치 러시아 이르쿠추크 입국 증명서
묵을 곳에 앙가라호텔이라고 쓰라 해서
장급 여관 정도는 될 것이라는 야무진 꿈으로
숙소인 축복교회에 도착하니 암담했다

나무로 된 2층 침대 거미줄이 그대로 있고
천장이 무너져 내려 몸무게 가벼운 자매가 올라갔다
그보다 여자 숙소인 2층 예배당이 공사 중이었다
돈과 시간이 허락되는 대로 일하기에
먼지와 장비 소리 속에서 1주일을 지냈다

공사 중인 나를 공사 중인 곳으로 보내셔서
내가 공사 중이라는 것을 깨닫게 해 주시는 하나님
이곳 공사가 잘 마무리되어 쓰임 받는 교회 되게 하시고
나도 당신 쓰시기 합당한 사람으로 세워지게 하옵소서…

2012. 6. 27.

돌아온 외규장각 도서

1866년 병인양요 강화도 외규장각에서 프랑스 군인들이
약탈해 간 왕의 책 어궤가 145년 만에 돌아왔다

강화역사박물관이 고인돌로 옮겨 신축하고, 잠깐 전시하고 서울로 가겠지만 귀한 책을 맞이했다. 그 당시 행렬을 가장하여 행진하니 거리로 많은 사람들이 구경 나왔다

프랑스 유학파 박병선 박사는 국립도서관 임시 사서로 일하면서 베르사유 궁 책 보관소에서 어궤를 발견하고 심장을 관리한 후 직지와 외규장각 연구로 온 인생을 바쳤다

118년 전 강화중앙교회에서 발견된
우리 교회 15칸짜리 초가집 매매문서
어떤 이유로 거기로 갔는지 모르지만
거기 있었기 때문에 잘 보관되어 있어 감사하다

우리 교회 역사전시관도 잘 만들어 놓고 모셔 와야겠다

2011. 6. 11.

자작나무 숲

은빛 속살 드러내며
날 오라 손짓하네

희고 매끈하며 늘씬한 너는
러시아 국목이었구나

속살이 터지도록
천년 잃어버린 복음
다시 낳으려고 애썼다

흰 살에 터진 점들
시베리아 호랑이들의 은신처

흠 많고 허물 많은
나의 숨을 곳
하나님 품 같도다

2012. 7. 1.

변신

바이칼 호수에서 주운 작은 돌맹이
돌이냐? 유리냐?
반반의 의견 아이스크림 내기

남을 찌르는 날카로운 물건이
오랜 세월 비바람과 파도에
깎이고 다듬어져
아름다운 예술품으로 변신

우리의 인생 모나고 거칠어
남을 찌르고 아프게 했으나
고난의 파도로 다듬어지고 만들어져
새로운 피조물로 변신

파도야 고맙다
고난아 고맙다

2012. 7. 11.

예수의 흔적

우스찌 오르딘 스키
사역자들의 문신
더 이상 부끄러운 것이 아니리

가정에서 버림받고
세상 쾌락 따라 살면서 새긴 흔적
이젠 예수그리스도 전하는 도구가 되었네

나의 몸에도 그리스도의 흔적을 새기리
고통과 아픔을 이기고 새겨진 흔적

약점이 강점이 되고
부끄러운 것이 자랑거리가 되며
수치가 드러나 자유케 되리

그 흔적으로
아버지가 나를 알아보네

2012. 7. 4.

아전인수

어젯밤 내 논 안의 물
오늘 나가 보니 옆 논 가득
심증은 있으나 물증이 없어
이럴 줄 알았으면
물에 이름이라도 써 놓을걸…

내 논둑 터뜨려
물 다 빼내 가고
제 논물 못 나가게
판때기로 깊게 막았으니
이럴 줄 알았으면
밤샘 알바생 한 명 쓸걸…

수중 모터 15대 설치
야밤 집단 물 도둑질
날 새기 전 거둬 갔으니
마을 간 물 전쟁 날까
수거해 간 모터

돌려 달라는 말도 못 하고
벙어리 냉가슴

올가을 추수 끝나고
마을회관 모여 청문회라도 해야 할 듯
과연 누가 죄로 고백할까?

2015. 6. 16.

슬라바보그

아버지 사역 세미나 장소인 우스찌 오르딘 스키에 도착
안방을 세미나실로 사용하니
방과 붙은 부엌은 사용하지도 못하고…
일단 밖에 큰 솥을 걸어 달라 하여 장작을 지피기 시작했다
화장실은 푸세식 하나로 30명이 같이 써야 한단다

샤워실은 우리 온다고 비닐 쳐서 급살로 만들어 놓았는데
마을 공동 우물에서 물통으로 길어와 사다리 놓고 위에 올라가 천장 함지통에 부으면 햇빛으로 데워지고 함지에 부착된 꼭지를 틀어 샤워를 해야 한다

물이 모자라면 별빛으로 헹구고 그 한 통으로 샤워와 빨래까지 할 수 있는 노하우가 생겼다

이러한 환경 속에서도 각자의 역할을 성실히 하는 러하마 팀
세미나에 성실히 임하는 러시아 사역자들
이 모든 것 하나님이 하셨다(러시아어로 슬라바보그)

2012. 7. 7.

명품

명품 백을 든다고
든 사람이 명품 되랴
어느 가방이든
전도지를 담았다 꺼내는 자가 명품이지

명품 신발을 신었다고
신은 사람이 명품 되랴
복음 들고 산을 넘는
그 아름다운 발을 가진 자가 명품이지

명품 옷을 입었다고
사람이 명품 되랴
그리스도로 옷 입고
그분의 자태가 풍겨 나야 명품이지

당신을 담은 나를
명품으로 가꾸겠습니다

2015. 7. 9.

경찰관 웨이

요세미티 공원을 나와 예약된 숙소 쪽으로 가는 길이 폭설로 끊겨 1시간 거리를 다른 길로 돌아가려면 8시간이 걸린단다.

아침에 기름 가득 채우고 출발해 장시간 가다 보니 주유에 빨간불이 들어온다. 그러고도 맘 조이며 1시간은 더 갔고 도착지까지는 1시간이 더 남았다.

밤 12시쯤 되어 작은 마을이 나타났고 셀프 주유소가 보이는데 기쁨도 잠깐, 잃어버린 미국 체크카드가 없어 비자카드로는 직원이 있어야 주유할 수 있는 시스템이다.

깜깜한 밤 간간이 지나가는 차량 한두 대뿐 차를 세워 사정한 후 현금 30달러 줄 테니 현지인 카드로 주유를 부탁했다.

카드를 안 가지고 나왔다며 운전석에 앉은 채 친절하게 브리지포트 간이 교도소를 찾아가서 도움을 청해 보란다.
그도 그럴 것이 젊은 아가씨가 차에서 내렸다가 무슨 일을 당할지 모르니… .

천사 아가씨가 알려 준 그곳을 찾아갔다.
오밤중 남편과 아들이 경관에게 20여 분 자초지종을 설명했으나 너의 카드에 이상이 있는 것이니 한국에 연락해서 암호를 풀고 주유하라 했단다.

다시 주유소에 가서 우리 3명의 비자카드로 시도해 보아도 안 되어 다시 교도소를 찾아갔는데 문제 해결이 안 되는 듯 한참을 지나도 나오질 않는다.

차 안에서 기다리는 나는 화장실이 급해도 오도 가도 못하는 신세, 차 안 빈 통에 일을 보고 나무에 거름을 주려고 차 문을 여는 순간 경보음이 울리고 난리다. 밖의 상황을 들은 남편이 나와 자동차 키로 문을 조정하고 나도 교도소로 들어가 웃으며 인사를 했다.

미국은 권총을 소지하는 나라인데 오밤중 외국인 남자 2명 들어오고 밖의 차는 어떤 상황인지 확인되는 않는 상태에서
내가 들어가니 가족이라고 확신이 들었는지 여권, 자동차 렌트 서류 다시 확인하더니 따라오라며 앞장선다.

주유소까지 대동하여 30달러 경찰관 카드로 주유하고 현금을 주

니 경찰 배지를 가리키며 받지 않았다. 뇌물도 아니고 받을 기약이 없는 힘없는 외국인에게 베푼 호의는 인간의 생각으로는 불가능한 것이었다.

얼마나 고마운지 아들은 자기는 교환 학생으로 공부하러 왔고 아빠가 감리교 목사이고 성역 30주년이라 부모님이 선교여행 온 것이라 소개하니 자기 부인이 감리교인이고 장모가 감리교 목사라고 했다. 오밤중에 일어난 일들에 감격하여 함께 사진을 찍고 숙소에 도착하니 새벽 2시였다.

언제가 될지 모르지만 생전에 웨이 경찰관을 만나 원금과 이자를 포함 인사를 하고 싶다. 우린 사랑에 빚진 자로 나그네와 이방인에게 빚을 갚으리라.

출발하면서 아침 라디오 방송에 흘러나왔던 찬송
내 평생에 가는 길~~ 내 영혼 내 영혼 평안해~~~.

천사 아가씨와 친절한 경찰관을 만나 여기까지 인도해 주신 하나님께 감사를 드렸다. 어떤 상황 속에서도 평안을 주시는 주님을 생각하니 눈물이 흐른다.

2017. 5. 16.

의자 한 몸

탐방객 차량 출입 금지용 의자
넓은 주차장 두고 기어코 올라오다가 다리를 부러뜨렸다
새 의자로 바꿔 놓았는데 이번엔 팔걸이 대를 부러뜨렸다

세상 풍파 겪고 사는 우리의 인생
이리 치이고 저리 치이고
여기 아프고 저기 아프고
죽겠다 아우성들이다

부러진 다리와 팔걸이를 버리고
못 쓸 의자 두 개 겹쳐 업싸이클링
무게가 있어 잘 넘어가지 않는
더 든든한 쓸모 있는 의자가 되었다

나는 다리 없는 장애인
너는 팔 없는 장애인
홀로서기에 힘들고 어렵지만
둘이 한 몸이 되면 쉽게 넘어지지 않는다

나는 너의 팔이 되어 주고
너는 나의 발이 되어 주고
이전보다 더 친밀하게 포개지면
외롭지 않은 아름다운 세상이 될 거야

2017. 11. 15.

바투 세뻘루 교회 입당

말레이시아 빈툴루에 있는 바투 세뻘루 교회 입당일이다.

14년 2월 어머니 천국 보내 드리고 10월 기공하여 15년 3월 4일 안식년 휴가 기간에 입당식 하러 갔는데 건물 외관만 되어 있고 미진하여 현지 감리사님 모셔 기도만 하고 돌아왔다.

시어머니 고 안상순 권사와 언니 식당에서 일한 김 집사가 각각 1천만 원씩 총 2천만 원 공사 의뢰했는데 추가 비용 1천만 원 정도가 더 필요했고 늦어지는 과정 속에 현지 책임자가 교통사고를 당해 점점 더 늦어졌다.

추가 비용의 내용을 김 집사에게 얘기해야 하는 상황들이 못마땅했지만 끝까지 선교사 친구를 신뢰하고 후원한 남편이 자랑스럽다. 지연된 3년 동안 맘고생했을 선교사님 내외의 고충이 느껴졌다.

3년 전 방문했을 때 60가구에서 30여 명 교인들이었는데 지금 150가구에 100여 명이 교인들이 모인단다. 하나님께서 왜 공사를 늦추셨는지 이제야 이해가 간다. 지속적으로 유입 인구가 많아 더 큰 지역이 될 것이라니 한 치 앞을 내다보지 못하고 불평했던 자신이 부끄러워진다.

33세에 홀로 되셔서 남매를 키우신 시어머니, 장사를 해야 먹고사는데 어린 남매 볼 사람이 없어 방 밖으로 자물쇠 채우고 장사를 나가시면 울 남편은 밖에서 놀고 싶은데 나가지 못하고 썰매 꼬챙이로 방 안에서 썰매를 타다 장판을 찍어 놓아 엄청 야단맞았다 한다.

그렇게 옥수수 장사를 하여 모으신 돈과 처녀 집사님의 땀 흘려 모은 돈으로 3년 전 추진했던 공사가 이제 완공되어 입당했다니 할렐루야~~ 하늘에 계신 어머니도 잘했다 칭찬하신다.

교회를 통해 많은 영혼들이 구원받고 살맛 나는 예수마을이 되길 기도한다.

2018. 2. 25.

주문도 한옥 예배당

남, 여 들어가는 곳이 달랐던 예배당
양쪽으로 들어가 남자도 되어 보고 여자도 되어 본다

첫 종, 재 종 치기 전에 단숨에 달려가
가위, 바위, 보 하며 올라갔던 계단들

풍금 소리에 맞춰 목청 높여 불렀던 괘도걸이
어린이 찬송가들이 지금도 귀에 쟁쟁하다

외할머니네 닭장 둥지 안 따뜻한 계란을
교회 앞 가게에서 10원으로 바꿔 연보하고

우리의 마음을 유리컵 깨끗한 물로 비유하여
만년필의 잉크를 떨어뜨리며 죄란 놈이 한 방울이라도 들어오면
이렇게 더러워진다는 시청각 설교는 지금도 생생하다

분반 공부 끝나기 무섭게 기둥 잡고 뺑뺑 돌며 놀았으니
그때 묻은 손때 지금도 남았으리라

엄마 주례하셨던 양 목사님 “그랬시올시다”라는

말투가 어찌나 우습던지 앵무새처럼 흉내 냈던

유년기 추억 떠올리며 엄마와 팔순 여행 행복 누리다

2019. 5. 9.

외가댁

내 어릴 적 놀이터 강화군 서도면 주문리 외가
여객선에서 작은 나룻배로 옮겨 탈 때 겁도 났지만
스릴 있고 은근 재미있었던 뱃놀이

첫 외손녀 딸 왔다고 토종닭 잡아 주셨던 외할머니
꼬꼬닭 불쌍해서 어떻게 먹느냐고 도망가면
음식 들고 따라오셔서 우물가를 빙빙 돌던 도망가기 놀이

사랑방 툇마루에 앉아 앞장술 바다 위로
지나가는 배가 바다 끝으로 떨어져 보이지 않으면
수평선 넘어 파란 꿈을 꾸었던 앞바다

썰물로 바다에 길이 나면 웅구지 살구지 굴 바탕으로 가서
굴을 따고 바위에 붙은 고동과 소라를 긁고
바위 밑에 숨어 있는 꽃게를 잡고 놀았던 황금 어장

친구들과 바다장어를 잡아 나눠 가질 수 없으니까
군인 아저씨들 드린다고 겁 없이 산꼭대기 OP 올라가

장어와 건빵 바꿔 먹은 해병대 군인 기지

뒷동산 움 속 고구마 꺼내 화롯불에 구워 먹고
풍구 돌려 왕겨나 솔개비로 가마솥에 물 데우며
아궁이 앞에서 자궁 온욕

아궁이 재를 삼태기에 담아 재래식 화장실에 사용하다
돼지우리 지붕 시멘트 부어 개량 화장실로 사용하였었지

한낮의 더위를 피해 감나무에 올라
널빤지 나무 침대 위에서 상상의 날개를 펴다
출출하면 내려와 오이 따 먹고 다시 오르는 나무 타기 놀이

실컷 놀다 시원한 부엌광 들어가 큰 항아리 안
엄마 젖같이 하얀 액체 살짝 마시면 기분도 달달
나중에 알고 보니 쌀 막걸리

동네 공동 우물에 가서 빨래 방망이를 두들기며
동네 처녀 언니(막내 이모 친구)들 다 모여
수다 떨다 멱 감고 오던 우물가

램프 등불 앞세워 저녁 예배나 속회 따라가
잠들면 걸어오기 싫어 깊이 잠든 척하여
할머니 등에 업혀 미지의 세계로 떠났던 꿈나라

개학 전날 새벽 망둥어, 우거지찜 먹고
소달구지에 올라앉아 배터로 가는 행렬은
앞뒤가 안 보이는 장관이었지

꿈에도 잊을 수 없는
나의 고향과 같은
내 어머니의 고향
사랑하는 주문도

2019. 5. 9.

겟 인 더 카

미국 경찰차가 요란하게 따라온다
좀 전에 추월하긴 했지만
앞차 2대를 꾸준히 따라왔을 뿐인데…

차를 세우고 조수석의 큰아들이 내렸더니
"겟 인 더 카" 방송을 한다.

50마일 도로에서 65 찍혔단다
국내면허, 국제면허증, 자동차 렌트계약서 살펴보고
아들하고 얘기하는 동안 평안한 미소만 쏘아붙였다.
차 안을 자세히 살펴보더니 조심히 천천히 가라 한다
경찰관의 권위가 그분의 권위를 알아보셨나보다

미국에서 속도 위반 높은 벌금은 울며 내면 되겠지만
성역 30주년 선교 여행 중 교육을 어떻게 받을꼬…

하나님! 땡큐입니다

2017. 5. 15.

평화의 배 띄우기

우리는 한민족 한 뿌리
네가 살아야 내가 살고
내가 살아야 네가 사는
함께 살아갈 공동체

통일의 염원을 담아 북상하자
북한 배도 마중 와라
물결 따라 춤을 추자

어기어차 뱃놀이 가는 길
양사면 타악 퍼포먼스팀이
'반갑습니다' 북한 노래로
난타북을 울렸다

임진강아 춤추어라
예성강아 춤추어라
한강도 춤추어라
조강에서 만나 춤판을 벌이자

해후의 춤을 추자

애환의 춤을 추자

평화와 통일의 춤을 추자

끌어안고 흘린 눈물 춤이 되게 하시리라

2019. 7. 27.

링링 피해

온갖 폭풍우 속에서도
끈을 놓지 않았다

이만큼 살아 보려고
애써 보았나요

줄기 표면 다 벗겨져도
끊어지지만 않으면
살 수 있는 것을 알았지요

깨지고 상처 나
볼품없어 보일지라도
잘 견디고 이겨 냈습니다

누가 우리를
그리스도의 사랑에서 끊으리오

2019. 9. 7.

행복한 할머니

손주가 오면 좋고
손주가 가면 더 좋다

다시 손주가 오면 더더 좋고
다시 손주가 가면 더더더 좋다

또 다시 손주가 오면 더더더더 좋고
또 다시 손주가 가면 더더더더더 좋다

매일 더 좋은 나날을 살고 있는 나는
행복한 할머니다

2020. 7. 22.

의미치료

초등학교 5학년 대상 디지털 성범죄 강의를 마쳤는데 n번방 사건 이후 경각심이 높아져서 그랬는지 학부모 교육 제안이 들어왔다. 부모 교육은 좀 더 공부를 해야 해서 이곳저곳 샅샅이 찾다가 의미치료를 만나게 되었다.

2020년 12월 시작해서 1년 6개월의 기간 동안 전 과정을 마치고 수료하게 되어 기쁘다. 모두가 주인공이 된 오늘 모두 답사하는 시간에 4행시를 읽었다.

의) 의사는 몸을 치료하고 상담사는 맘을 치료하지요
빅터 프랭클이 말하는 3차원의 영은 한 번도 아프거나 병들지 않은 인간 존재 자체로 먹구름 속에 가려 있는 태양빛을 보게 하는 의미치료입니다.

미) 미래에 초점을 두고 성숙한 모습으로 가치 있게 살아가게 하지만 과거의 상처를 귀하게 여겨 과거의 고통이 나를 죽이지 못하고 나를 강하게 만든다는 니체의 말처럼 인생의 모든 것에 의미가 있음을 알게 하였습니다.

치) 치료 중의 치료 의미치료를 공부하면서 인생의 겨울을 만난 사람들에게 따뜻한 안내자로 다가가겠습니다.

료) 요즘 가 볼 만한 곳 아무리 찾아봐도 의미치료학회보다 더 좋은 곳은 없습니다. 이시형 박사님, 박상미 교수님, 1기 동기들을 만난 것은 행운 중 행운이며 후배들을 통해 갈수록 더 좋은 학회로 발전되길 기도하겠습니다.
사랑하고 축복합니다.

2022. 5. 7.

세로토닌

서초 더공감빌딩 의미치료학회
BTS 춤 동작이 저절로 나오는 보랏빛 조명
1기 동기들과 이시형 박사님 박상미 교수님 앞에서
'세로토닌 확진자' 제목의 강의 시연과
난타 공연으로 확진자의 삶을 보여 드렸다

코로나가 멈추면 캘리포니아 블루죤 여행 가서
공연으로 여행 경비 뽑으라는 박사님
빌딩 오픈 동시 강의 시연으로
팬클럽 얘기까지 들으니 세로토닌 뿜뿜뿜
야호~ 그날을 위해 준비하자

세) 세로토닌이 무엇인지 알게 되면
로) 로또에 당선된 것보다 더 큰 대박이지요
토) 토끼털보다 가늘고 가는 행복 호르몬 신경전달물질이
닌) 닌자 거북이처럼 악당들을 물리쳐 몸과 맘, 영혼까지 세로토닌 춤추지요

2022. 2. 26.

2-1
부모

장한 어머니 상

강원도 인제군 북면 원통리
원통 중학교에서 원주민 1호로
춘천고등학교 합격한 남편

남편 3살, 시누이 6살, 어머니 33세
남편과 사별 후 옥수수 장사로 남매를 키우시며
힘들어도 힘든 줄 몰랐다 하신 어머니

지극정성 미신 섬기던 정성으로 하나님 섬기며
옥수수 장사하며 매일 십일조 떼는 재미
자식들 공부 잘하는 재미로 사셨다는 어머니

남편의 감리교 신학대학 수석 합격 소식 듣고
꿈인지 생시인지 볼을 꼬집어보고 펑펑 우셨고
평생 목회 위해 기도하시다 천국으로 이사하신 어머니

어머니! 참 장하십니다.
하늘나라에서는 이 땅의 상과 비교할 수 없는

더 큰 상 받으실 거예요

평안히 쉬셔요

2014. 2. 8.

어머니 전대

어머니 3주기 추도식에
유품 정리하다 찾은 전대를 꺼냈다

뚱뚱하셨기에 허리끈을 잇고
오래 사용하여 군데군데 꿰맨 골동품이다

옥수수, 군밤 장사하시며 매일 떼는 십일조
농협 직원이었던 시누이 십일조까지
십일조 많이 하셨다며 좋아하셨다

신앙이나 생활에
좋은 본을 보여 주신 어머니!

주머니 회개가 진짜 회개임을 기억하겠습니다
십일조 많이 하는 전통을 이어 가며
어머니의 신앙 유산을 발전 계승시키겠습니다

2017. 2. 8.

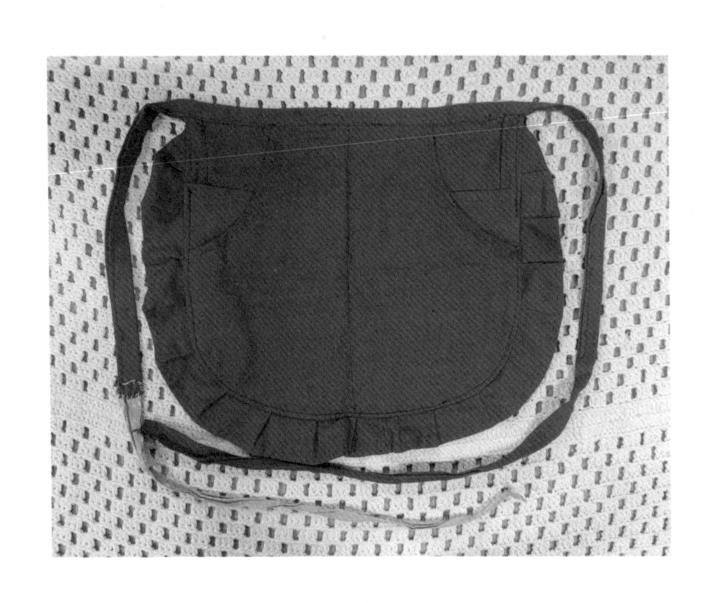

숭어

민통선 철조망 생기기 전 뻘에 나가면 물 반 숭어 반
나무 지게에 새끼로 꼰 쌀가마니 부대를 지고 나가
몇 번을 쉬고 들어왔단다

숭어 제철 때 그물에 한가득 걸리면
비늘 벗겨진 놈
가숭어는 버리고
참숭어만 싣고
땀을 뻘뻘 흘리며 지고 왔단다

뻘에서 지게도 쉬고
뻘뻘 땀 흘리며 지고 올 날이 또 올까?

어머니 1주기 추모식
숭어회로 저녁 식사하며
철조망 걷힐 날을 기대해 본다

2015. 2. 8.

옥수수 장학회

시엄니 안상순 권사 7주기 추도예배
코로나로 함께 모이지 못하고
자녀들은 각 가정에서 줌으로 함께 추모하고
옥수수 장학회를 발족했다

33세에 남편을 떠나보내시고
원통 차부에서 옥수수 장사를 하시며
남매를 키우신 어머니께서
남겨 놓으신 시드머니 천만 원에
자녀, 손주 7가정이 매달 1만 원씩 적립하여
장학회를 시작하기로 했다

어머니의 신앙 유산을 물려받아
하나님을 사랑하고
이웃을 사랑하는 사람들로
세워지길 기도하며
작은 첫 삽을 뜨다

2021. 2. 8.

골무

머릿속이 복잡하고 힘들 때
손바느질을 하면
마음의 잡다한 생각이
바늘 끝을 타고 옷감 속으로 들어가
새 작품 가방이 태어난다

두꺼운 천을 만질 때면
골무 끼고 바느질하시던 외할머니 생각이 난다

이 투박한 골무를 끼시고
얼마나 많은 바느질을 하시며
맏딸인 엄마와 7남매를 키우셨을까
코에 걸린 안경 너머로
전구 알을 넣어 구멍 난 양말을 기워 주셨던 외할머니

바늘에 찔릴까 겁내 하는 어린 나에게
"바늘귀에 찔려도 낯가죽 두꺼워 견딜 만한
이 골무가 있어서 괜찮아 괜찮아"

코로나 팬데믹 1년이 넘어 힘들어하는 우리들에게
“지금까지 잘 견뎠어. 이젠 괜찮아 괜찮아”
천국에서 사랑의 목소리가 들린다

2021. 2. 16.

엄마의 혼수품

결혼 혼수용품 십자수 옷 덮개 횃대포

한 땀 한 땀 만들어진 두 마리 학이

소나무 아래서 사랑을 나눈다.

광목천 두 개를 겹쳐 박고

쌀풀 먹여 접어서 발로 밟아

숯불 다리미로 다려서 옷 덮개 완성

양복 걸이, 코트 걸이, 책상보 2개, 방석 12개

이 모든 것 만들기까지 얼마나 설레었을까?

낮에는 농사일 돕고 밤에 등잔불 밑에서

날 새는 줄 모르고 수놓고 있을 때

외할아버지 들어오시면 부끄러워서 슬그머니 숨기셨단다

친정 장롱 안 깊숙이 처박혀 있는 골동품이

내 집 벽걸이로 걸리면서 추억을 찾아 드리고

입을 귀에 걸어 드렸다

2019. 12. 6.

엄마와 웃음 보약

진달래 군락지인 고려산 아래
미꾸지 고개 지나는데
창밖의 간판을 보시던 엄마가
"동네 이름이 쭈꾸미다" 하신다

속도를 늦추며 "무슨 동네요?"
"쭈꾸미가 아니고 미꾸라지구나…"
속도를 더 늦추며 "무슨 동네요?"
"미꾸라지가 아니고 미꾸지구나, 그거나 그거나…"

한참을 웃으며 가는데 FM라디오에서
푸치니 오페라 '투란도트'의
'공주는 잠 못 이루고' 음악이 흘러나온다

"아~ 이 곡 뭐더라?
트바로티 김호중이 부른 음…… 랜드로바"
"엥? 랜드로바는 신발인디… 다시 잘 생각해 보셔요"
"아~ 생각이 안 나…"

랜드로바 하시는 거 보니 반은 기억하신 것 같아 다시 질문을 하였다

"엄마, 우리 지금 외포리로 가지 말고
레슨받으러 도로 갈까?"
"뭐? 어디 가자고?"
"레슨 도로 가자고"
"아~ 네순 도르마 생각났다
우리 딸 친절하게 설명도 잘하네"

차 안에서 배꼽을 잡고 얼마나 웃었는지
오늘도 웃음 보약 특대 두 첩 먹었으니
안 먹어도 배부르다

2020. 12. 28.

엄마의 바다

7남매 맏이로 섬에서 자란 엄마는 바다를 보면 한없이 이야기보따리를 풀어내신다. 물이 나가면 바다로 걸어가 굴을 따고, 뗏목이나 돛 달고 노 젓는 낙배를 타고 가기도 하고, 며칠씩 천막을 치고 숙식을 하면서 굴살이를 하고 뱃삯으로는 굴 함지에서 한 손길 퍼서 배임자에게 주었단다.

굴을 따면 여자들은 나무로 만든 반통에 담아 머리에 이고 오는데 바닷물이 함께 포함된 물굴이고, 남자들은 머리에 이을 수 없어 가는 새끼줄을 꼬아 촘촘하게 만든 오쟁이에 담아 물 없는 강굴로 팔았단다.

전쟁 나기 전 주문 사람들은 굴을 따서 북한 개성에 가서 팔기도 했었는데 외할아버지의 동생 작은 할아버지가 지개에 굴을 싣고 개성에 가서 팔고 오셨단다.

상합, 소라, 돌쟁이, 게, 물엄소, 망둥어 낚시 등 굴뻬는 돌로 짓이겨 웅서리 망에 담고 물 많은 곳에 놓으면 새우들이 굴을 먹으러 웅서리 안에 몰려들어 새우를 잡기도 했단다.

엄마의 품같이 무한정 내주는 바다
그 바다의 사랑을 흠뻑 먹은 엄마는
삶의 고된 바다를 잘 이겨 내고
옛 추억에 빠져 행복한 미소를 짓는다.

2021. 8. 18.

꽈리 부는 엄마

주황색 껍질을 벗겨 구슬 같은 열매를 떼어 내고
바늘로 씨를 파낸 후 바람을 넣고
구멍을 아래로 혓바닥에 닿게 한 후
윗입술로 눌러 입천장에 닿으면서
공기가 빠져나가 꽈르르 꽈르르 소리가 난다

장난감이 귀했던 옛날 악귀가 싫어하는 붉은색이고
소리가 요란해 귀신들이 도망간다 하여
모든 아이들이 불고 놀았으니
가을밤 골목길은 꽈리합창단으로 시끌시끌
얼마나 재미있었을까

꽈리 불면 보조개도 생겨 예뻐진다 해서
더 열심히 불었다는데
그래서 울 엄마가 이렇게 예쁘신 건가?

2021. 10. 17.

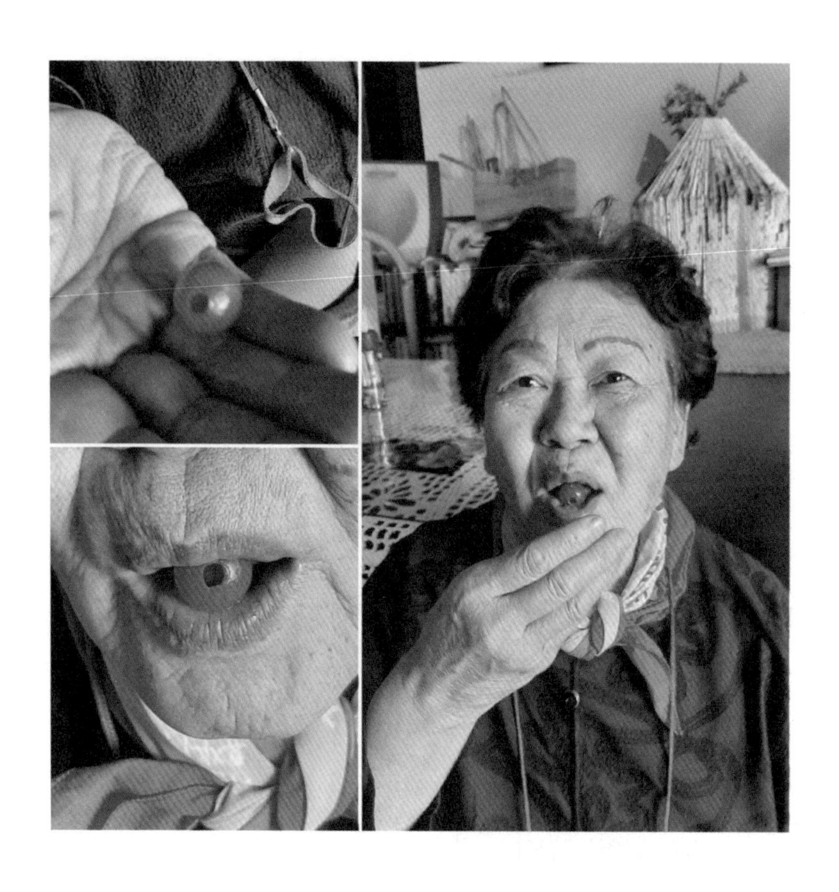

엄마가 좋아하는 음식

엄마는 늘 동태 대가리를 발라 드시며
어두육미 이것이 맛있다 하셨다

닭 뼈에 붙은 살을 발라드시며
쫄깃한 이것이 맛있다 하셨다

김치 대가리와 푸른 잎을 드시며
영양가가 배추고갱이와 잎에 있어서 맛있다 하셨다

내가 세 아이를 키우다 보니
엄마가 왜 그것을 좋아하셨는지 알게 되었다
이젠 나도 그런 음식이 좋다

옛날엔 없어서 먹었을 텐데
지금은 많이 있어도 좋아서 먹으니
기름진 것보다 먹어 본 것이 좋다

2015. 12. 1.

외할머니

외할머니의 눈은 주름부채
조글조글 주름살도 광채처럼 빛났었지

외할머니의 손은 약손
엄마 보고 싶어 아픈 배 만져 주면 사라졌었지

외할머니의 등은 푹신한 침대
잠든 척 업혀 가면 어느새 꿈나라로 여행 갔었지

외할머니의 발은 잰 발
7남매 18손자 손녀 신토불이 먹이려고
논밭으로 굴 바탕으로 부리나케 달려갔지

외할머니의 마음은 예수님 마음
하나님 사랑과 이웃 사랑
신앙의 유산 물려주신 믿음의 조상

2009. 5. 7.

2-2
부부

아내 사명서

이른 새벽 공복에 당신께 드리는 물 한 컵
아침 이슬처럼 맑고 영롱한 나의 마음입니다

당신 귓속 조심스레 꺼내는 금광석
사랑한다는 속삭임 잘 들리도록 터널을 뚫는
나의 작은 작업입니다

당신 손발톱 내 품에 바싹 당겨 자르는 건
나와 이별할 때까지 당신을 끝까지 잘 돌보겠다는
나의 기쁜 연습입니다

엄지발톱의 앙꼬를 빼며 그 발에 입 맞추는 내 마음은
예수님 발에 향유를 붓고 입 맞춘 마리아의 키스입니다

"여보! 우심뽀" 했더니 그렇게 좋아하는 당신께
나의 몸과 마음까지 다 드립니다

2003. 5. 21.

결혼 20주년

"엄마! 좋은 남자와 결혼하셔서 행복하시겠어요
행복한 하루 되세요" 막둥이의 문자로 하루를 시작했다

결혼 10주년 기념일에는 덕산 가야산에 올라갔다
들에 핀 네잎클로버와 잎으로 만든 반지, 팔지, 목걸이를 걸어 주었던 남편, 금이나 다이아몬드 박힌 것에 비하랴

결혼 20주년인 오늘은 강화 남산에 올라갔다
어제 내린 비에 물 흠뻑 먹고 아카시아 꽃이 향기를 머금은 채 늘어져 있다. 한 송이 따 주는데 진주알에 비하랴

이파리를 따서 가위바위보
결승에서 이겼으니 업힐 일만 남았다

"좋은 남자 네 명과 살아서 행복 따따따따블이다. 사랑한다"
아들들에게 문자 답장으로 하루를 마감했다

2008. 5. 21.

그대여

나를 시인으로 만들어 준 그대여
사랑하면 누구나 시인이 된다더니
내가 당신을 사랑하는 걸 보니 정말 그러네

나를 미인으로 만들어 준 그대여
세상에서 내가 제일 예쁘다더니
넓적한 떡판이 훤한 보름달로 변하는 걸 보니 정말 그러네

나를 요리사로 만들어 준 그대여
외식하고 오면 편하건만
내가 해 준 것이 맛있다고 귀찮게 하더니 정말 그러네

나를 좋은 엄마로 만들어 준 그대여
잘난 아들들 엄마 닮아 그렇다고
나에게 책임 전가시키더니 정말 그러네

2008. 10. 20.

효자

지인이 고라니 고기를 가져오셔서
외출한 남편에게 쇠고기 양념장 사 오시라 문자를 했다

어부인의 부탁인지라
"예 알겠사옵니다 마마~"로 답장이 왔다

잠시 후, 현관문이 열리고
임금의 손엔 양념장이 아닌 우유가 있었다

양념장은……?
아참, 그걸 사러 마트에 들어갔다가
깜박 잊고 어머니 좋아하시는 우유와 과자만 사 온 것이다

세 아들 중 누가 지 애비를 닮아
이담에 나에게 그렇게 할 것을 생각하며
웃고 말았다

2013. 3. 6.

그런 남자

설교 길다고 말하는 나 때문에
스트레스를 엄청 받는단다

설교 짧고 재미있게 잘하는
남자 찾아가란다

무조건 잘한다고 칭찬해 주는
여자하고 살고 싶냐고 따진다

그런 여자 그런 남자
찾으러 갔다가 서로 힘들 것이니
노력하며 살아야지…

내가 뉘게로 가오리까
단지 설교가 좀 길다는 얘기였지
당신이 얼마나 좋은데…

2014. 3. 11.

당신은 장미

"당신에게서 꽃내음이 나네요 잠자는 나를 깨우고 가네요
싱그런 햇살이~~~~~~ 어쩌면 당신은 장미를 닮았네요"
차 안 라디오 방송에서 음악이 흘러나온다

남편 왈 "당신은 장미꽃이야"
"웬 장미???"
"열정적이고 매혹적이고 예쁘고
…… 그리고 잘 찌르잖아"
박장대소와 함께 차 안에 웃음이 가득 퍼지다

"당신은 찔러도 들어가지 않고 아프지도 않은 철판이잖아요"
순간, 얼마나 남편에게 가시 노릇을 했나 반성해 본다

"당신은 겨울에도 푸른 소나무야
나의 가시에 찔려도 끄떡없이 올곧고 푸르게 자라
이 추운 겨울 독야청청하시와요"

2014. 12. 30.

쟁반 우산

강원도 부모님 산소 벌초 끝내고
김포 도착 막국수 먹으려는데 갑자기 소나기가 퍼붓는다

남편이 먼저 내려 우산을 빌려 온다고 가더니
대형 양은 쟁반을 쓰고 나와 한 명씩 픽업하여
음식점 안 모든 사람들에게 웃음 한 보따리 선물하다

종업원이 우산 없다 하니
들고 있는 쟁반과 다른 쟁반 빌려
우산으로 만든
남편의 재치와 코믹은
늘 여유 있는 마음에서 나온 것이다

이틀간의 모든 피로가
웃음소리와 소낙비에 묻어
흘러내린다

2015. 8. 19.

당신이

당신이
우리 아이들의 아버지인 것이 감사합니다
아이들이 성부 하나님을 알아 가고 닮아 가는 것은
당신같이 좋고 훌륭한 아빠가 있어서 가능했습니다

당신이
우리 친정의 큰사위인 것이 가문의 영광입니다
죽기까지 순종하며 종의 몸으로 오신 성자 예수님처럼
부모님께 효도하는 본을 보여 주셔서 감사합니다

당신이
나의 남편인 것이 행복입니다
야생마같이 억세고 고집스런 나를 참고 기다려 주고
신랑 되신 성령 하나님을 체험케 하시니 감사를 드립니다

생일을 축하하며
사랑하는 당신 안의 해

2015. 12. 21.

그랜드 피아노

어릴 적 피아노를 배우고 싶었지만 형편이 여의치 않아
주경야독하며 틈틈이 모은 돈으로 혼수품 1호 피아노를 샀다

오른손가락으로 찬송가 소프라노 음을 더듬어 골백번 치고
엘토 음도 더듬어 골백번 치고 두 파트 여자 화음을 만든다
왼손가락으로 찬송가 테너 음을 더듬어 골백번 치고
베이스음 더듬어 골백번 치고 두 파트 남자 화음을 만든다

양손으로 4파트가 될 때까지 다장조 연습
그다음은 샵(#) 하나 붙은 사장조
그다음은 플랫(b) 하나 붙은 바장조
결국 찬송가 전곡 4파트 반주 가능하게 되었다

그때 연습했던 2곡은 옆집 강아지가 다 외웠으니
될 때까지 연습하면 못 할 게 없다
그 덕분에 지방 사경회 우리 교회 성가대 특송 반주로
그랜드 피아노 앞에 앉으니 감격스럽다

2016. 12. 5.

바꿀 수 없지

내 남편이 백만 불짜리 사나이인데
그에게 천만 불을 원하면 내가 잘못된 사람이지

누가 천만 불을 준다면 바꿀까?
아니 그럴 수 없지

그리스도의 피 값으로 사신 우리들은
돈으로 환산할 수 없는 소중한 존재들이야

인정할 것 빨리 인정하고 포기할 것 빨리 포기해야
내 삶이 고달프지 않은 거야

남편을 바꿀 수 있는 비밀은 한 가지
내가 바뀌면 남편이 바뀌는 거야

알면서도 잘 안 되니 당신이 먼저 바꿔 봐요

2017. 2. 6.

사랑의 복리적금

신혼의 로맨틱 단꿈은
사랑의 복리적금

이자로 신뢰가
복리이자로 정이
차곡차곡 쌓이지

야금야금 찾아 쓰다
바닥이 날 때면 중년이야

마이너스 통장으로 살 것인지
또 다른 적금을 깰 것인지는
두 사람의 몫이지

깨가 쏟아질 때
많이 쌓아 두어야
중년의 위기를 잘 넘기지

2017. 2. 6.

인정하는 말

포항교회에서 29일 토욜 8시 30분에 역사탐방 온다는데
너무 이른 시간이라 내가 안내하기로 자원했는데
30분 당겨져 8시에 온단다

너무 이르다 했더니 먼 길 갈 사람들이니 그냥 안내해 주라며 우리는 쉬는 날도 없고 정해진 시간도 없고 오는 사람들 원하는 대로 다 서비스해 줘야 한단다

"그럼 당신이 해요"
"알았어~ 꼭 따지고 피곤하게 그러냐~"라며 말이 많단다

"당신! 힘들겠지만 수고한 김에 좀 더 수고혀"
이런 식으로 얘기했으면 나도 빈정 상하지 않았을 텐데…

이른 아침부터 아내를 부려 먹으려면 잘 말해야 합니다
수고에 대한 대가는 하나님께 이미 받고도 이러니…

2017. 7. 24.

대인배 남편

남편 모르게 일을 저질렀다
남편을 속이는 것 같아 괴로워 '죽을죄를 지었으니 용서해 달라고
고백'했다

"여보, 용서해 주는 거예요?"
"그래. 나서는 성격 좋지만 그런데 나서면 월권이야
모든 것이 한순간 무너지는 거니 조심해요"
"나 죽을 각오했으니 잡아먹어도 돼요"
"ㅎㅎ 얼마나 가려구"
"아니, 달라져야지. 계기를 기회로 삼아 변화하지 않으면
말짱 도루묵이지"

나의 무례한 행동에 넘사벽의 포용력과 리더십으로
나를 항복시키는 당신은 진정한 대인배이십니다

용서받은 나도 용서하며 살겠습니다
몸밖에 드릴 것 없어 이 몸 바칩니다

2020. 5. 5.

바람

바람이 불면
부는 대로 몸을 맡겨야
서로를 기대며
누웠다 일어났다
초록 파도 만들고…

말다툼하면
밀었다 당겼다
얼굴 보기 싫으면
모자 푹 눌러쓰고
셀카로 행위 예술하고…

2020. 8. 4.

자원봉사 천 시간

2003년 강화 와서 VMS에 기록한 자원봉사가 천 시간이 넘었다니…

독거노인 도시락 제작, 배달, 김장, 감자 심기, 목욕 행사 점심 대접, 한가위 한마당 난타 공연, 아이들 청소년 시절 명절에는 노래와 악기로 가족 공연했던 추억들이 떠오른다.

1988 서울 올림픽 자원봉사는 큰 아이 임신 중에,
2014 인천 아시안게임 자원봉사도 지나간 추억이 되었다.

요즘 초등학교로 초등복지교육 강의 나가는데 마침 3주차 과목이 사회복지실천 나눔과 봉사인데 1천 시간 배지를 보여 주며 실물교육을 하게 되어 더 기뻤다.

봉사하고 느끼는 만족감, 심리적 포만감 때문에 몸과 마음의 긍정적 변화인 헬퍼스 하이(Helpers High)로 혈압, 콜레스테롤이 낮아져 엔돌핀 팍팍 생기고 대가 없이 봉사함으로 타액 속에 Ig A 바이러스 면역항체도 많아 생긴단다.

남이 봉사하는 것 보기만 해도 항체 지수 높아지고 스트레스 지수 낮아지는 테레사 효과까지 일어난다니 봉사는 남보다 나를 위한 것이다. 2천 시간 향해 달려야겠다.

2021. 4. 30.

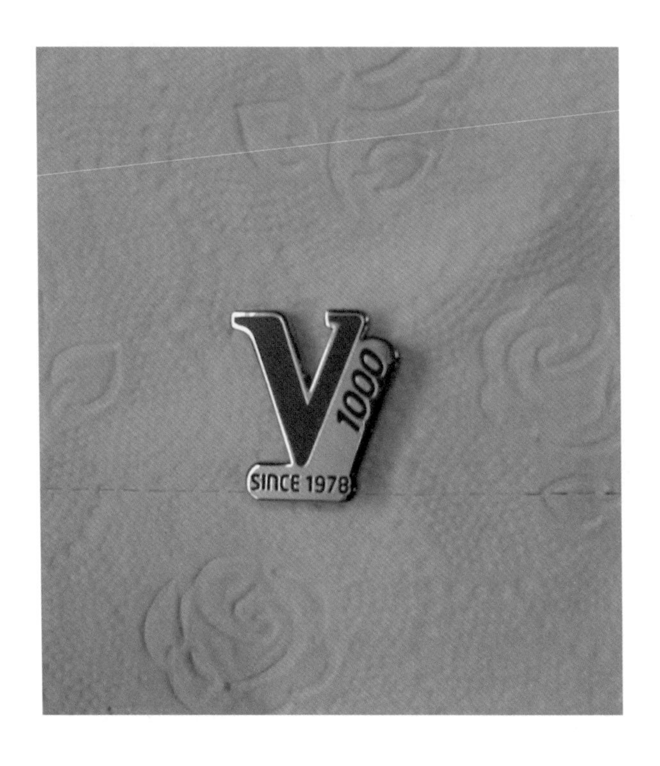

허리 병

강한 돌풍으로 현관문이 열려 꽝꽝거린다
갑작스러운 허리 통증으로 일어나지 못하고
교회 있는 남편에게 전화를 걸다

들어와 젤파스 마사지를 해 주고는
다시 문을 잠그라며
문까지 블루스 추듯 부축해 놓고 나간다

밤이 되어 전화를 받으니 노래가 흘러나온다
찬 535장 주 예수 대문 밖에 기다려 섰으나
"문밖에 세워 두니 참 나의 수치라"

얼마나 웃었던지 허리가 다 아프다
네발로 기어 나와 문을 열고 부축 받고 들어오다

아무리 좋은 집과 가구들이 있어도
기둥이 무너지면 폭삭 주저앉는 것처럼

아직까지 건강하게 씩씩하게 살았어도
허리가 무너지니 아무것도 할 수 없다

몸이 한쪽으로 기울어지고
내 모습이 처량하고 비참해진다
세월 앞에 장사 없다고
나도 이제 나이를 먹었나 보다

2022. 3. 5.

제주 올레길

60 인생길 돌아보려 시작한 행군
사순절 묵상과 순례 위해
군장을 준비하고 길을 떠나다

18코스 제주 현대사의 비극 4·3 현장
터만 남은 역사의 현장에
바다는 하염없이 흐느끼고 있다

나무 위에서 피고
땅에 떨어져 또 한 번 핀다는 동백꽃
핏빛으로 그날의 아픔을 고스란히 안고 피어 있다

비보에 휴가 접고 복귀하기로 결정
몸과 맘이 많이 아픈 날이다

2022. 3. 14.

4·3
유적지
곤을동
Goneul-dong
하루만보걷기
31121
걸음

나무 지팡이

전날 폭우로 대천봉 가는 길 통제
오늘은 해가 반짝 났어도 낙석으로 통제
등산 스틱 차에 두고 가벼운 차림으로
케이블카나 탄다고 들어갔다

울산바위에서 내려오는 부부 왈
괜찮다고 올라가란다
남편이 숲 주위 배회하더니
어쭙잖은 나뭇가지를 구해 왔다

옆 가지 치고
가시에 찔린다며
토시로 손잡이를 감싼 지팡이로
울산바위까지 너끈히 다녀왔다

전날 우비 사는 문제로
서로 기분이 꿀꿀했지만
역시 당신은 나의 지팡이야!

어제가 흐렸으니 오늘 더 맑음

울산바위 정상은 안개로 덮여

아무것도 보이지 않았지만

서로를 향한 사랑은 또렷이 보였으리라

2022. 8. 18.

위로의 성령

남편의 말에 뚜껑이 열려 다른 교회는 갈 수 없고 모든 사역 내려
놓기로 결심해 1, 2차 돌이킬 수 있는 기회 있었으나
감정을 추스를 수 없어 강력히 거부했다

아무 쓰잘머리 없다지만 모든 자존심은 내동댕이쳐지고
내동댕이쳐진 자존심을 스스로 밟고 일어나 가난한 마음으로 다
시 반주하기로 결정하다

여기서 더 예뻐지면 내 책임이 아니야 사랑의 손길 통해 아이크
림, 영양크림으로 눈물 콧물 범벅된 얼굴 다듬으라며 위로 주시고
맛있는 점심과 차로 힘내라고 위로를 주신다

남편이 그러거나 말거나~ 남편이 나의 우상이 아님을 선포하며
누가 인정해 주거나 말거나~ 사모라서가 아니라 사명이라서 일하
기로 다짐한다

위로의 성령님!! 상한 맘 어루만지소서

2022. 9. 16.

부추야?

누가 부추를 다 뽑아 놓았냐 소리치며
흙더미 속에서 부추를 추려 본다

모처럼 마당의 풀을 뽑았다는 남편
잡초와 부추를 구별 못 하고 일을 저질렀다

그게 부추였어?
뿌리가 다 안 뽑혀 몇 뿌리는 남아 있어 ㅎㅎ

당신은 가만히 있는 게 날 도와주는 거야
목까지 올라온 말을 누르고

잘했군 잘했군 잘했어
그것이 당신의 매력이라지

2021. 6. 13.

일회용 변기 커버

KTX를 처음 타는 남자가
일회용 변기 커버를 사용하려다 난관에 부딪혔다
반으로 접힌 것을 모르고 이리저리 궁리하다
객실에 있는 부인에게 가져왔다
부인은 얼른 커버를 접어 나중에 집에 가서 해 보자며
가방에 접어 처넣는다

왜 그렇게 남을 의식하냐고 지청구하는 남편
왜 그렇게 남을 의식 안 하냐고 받아치는 아내

지나치게 의식하는 것도 병이지만
지나치게 의식 안 하는 것도 중병이다

남세스럽게 구는 남편이 싫고 미워
다시는 같이 다니고 싶지 않다가도
그래서 내가 필요하지 싶어
맘을 돌린다

2022. 10. 31.

2-3
자녀

강중 가는 길

견자산 아래 긴 골목길 걸어서
교문을 들어서며 큰 꿈을 꾸었지

쉬는 시간마다 달려가 불량식품 사 먹고
짬짬이 공을 차며 꿈을 만들었지

급식 곱빼기로 먹고 돌아서면 또 배가 고팠고
축구공 헛발질해도 공이 하늘을 뚫었지

귀두컷 까까머리 강중에서 키운 꿈
이루는 그날까지 성실히 달려가자

저 하늘처럼 높고 푸르게
저 구름처럼 맑고 깨끗하게…

2014. 8. 2.

노숙자 간식

큰아들 광명 생일인 4월 6일 대학원 친구 3명과 서울역
노숙자들에게 격주로 찾아가는 사역을 시작했단다

그 말을 들은 남편이 1호로 후원하고 명절 즈음이라
나는 교인들의 성미로 떡을 하여 서울역을 찾아갔다

말로만 듣고 사진에서만 보았던 박스 위의 노숙자들은
남루한 분도 있었지만 깔끔한 분도 많았다

역 광장에서 떡 100개를 10분도 안 되어 나눠 드리고
빈 박스도 자리로 쓴다 해서 드리고 왔다

떡을 받는 거친 손에 인생의 고달픔이 배어 있다
누군가의 남편이요 아버지요 자식이었을 텐데…

지역 구성원인 저들도
삶의 소망을 가지고 다시 일어설 수 있으면 좋겠다

2016. 9. 5.

이지송 생일 삼행시

1.

이) 이렇게 기쁜 날이 오다니

지) 지극한 감사의 마음일 뿐

송) 송이의 생일 정말 축하한다

지송아

네가 우리 가족이 된 것을 진심으로 환영한다.

오늘을 주신 하나님께 감사드리고

너를 낳아 주신 부모님들께도 감사 인사를 드린다.

광명이와 함께 둘이 하나 되어

하나님 사랑 온 세상 널리 전하는

복된 가정 이루기를 기도한다~.

2.

이) 이제 나타난 우리 집 보물

지) 지적이면서 발랄하고

수수하면서 세련되고

남자 보는 눈이 남다른 예비된 신부

송) 송이송이 탐스런 열매 가정
주렁주렁 행복한 목회를
향한 발걸음이 되길…

시집가기 전 마지막 생일이네.
낳아 주시고 길러 주신 부모님께 감사하는 날
새신랑과 좋은 날 되길….

3.

이) 이런 날이 올 줄 몰랐습니다. 2015년에 주안감리교회 사역 나갔을 때는… 교환학생이 2016년 가을에서 2017년 봄으로 미뤄졌을 때는 아쉬움이 가득했습니다. 하지만, 하나님의 인도하심은 제 계획보다 훨씬 더 크고 놀라우셨죠. 여름에 소개받고 교제를 시작한 지 어느새 2년이 다 되어 갑니다. 오늘은 지송의 생일 D-1, 결혼 D-17이네요.

지) 지친 몸임에도 늦은 시간에도 교회 기도회를 참여하기 위해 대기 중인 지송. 오늘 미용실도 가고, 투표도 하고, 본식 때 입을 드레스도 함께 골랐어요. 아무것도 하지 않아도 빛나는 지송이 더욱 아름답게 빛났답니다! 피곤한 몸을 이끌고 기도의 자리에 가다니, 안타까우면서도 대단합니다!

송) 송(Song) for Christ. 예수님을 향해, 예수님만을 노래하는 인생을 꿈꾸는 아름다운 지송의 생일을 축하합니다~. 영혼을 마음 다해 사랑하고, 모든 일을 기도로 지혜롭게 행하는 모습이 참 아름답습니다. 그리고 나와 평생을 약속해 주어 고마워요~. 송(소나무)이 언제나 한결같이 푸른 것처럼, 흔들리지 않고 그대만 사랑하겠습니다!

Happy Birthday to YOU, Ji Song

4.

이) 이날은 주가 지으신 날, 기뻐하고 기뻐하세. 오~('이날은 주가 지으신 날' CCM 찬양 생각하시면서)

지) 지금 있는 모습 그대로를 사랑하면서, 하나님의 온전함을 닮아 가려고 노력하면서, 그 사랑을 이웃들과 진실되게 나누는

송) 송송 커플은 명함도 못 내미는 아름답고 소중한 광송 커플!! 형수님의 생일과 다가올 결혼을 진심으로 축하드립니다. 하나님께서 두 분께 허락하신 귀한 달란트, 그 귀한 달란트를 땅에 묻어 두지 않고 하나님 나라를 위해 부지런히 발전시켜 나가는 성실함과 오래 참음, 믿음과 소망, 앞으로 새로운 가정을 꾸려 나가시고 새로운 삶을 향해 나아가는 모든 여정 속에 더

욱더 풍성한 사랑이 함께하시길 바라겠습니다~.

5.

이) 년이나 지났네요! 이름도 얼굴도 모른 채 형수님의 존재만 형한테 들었는데, 저희 결혼식 때

지) 하철 타고 한숨에 축하해 주시러 오셔서 얼마나 감사하고 반가웠는지, 왠지 모르게 '앞으로 한 가족이 될 거 같다'는 느낌은 이제 현실이 되었습니다. 그리고 사다 주신 인공눈물 덕분에 건조해서 뜨기 힘들었던 제 눈이 살아나서 결혼식을 잘 마칠 수 있었습니다.

송) 구스럽게도 저희가 너무 멀리 있어서 형수님을 자주 만나 뵙지 못했지만, 앞으로 서로 더 친해질 게 너무 기대돼요~~! 미국 가시기 전이랑 미국 다녀오셔서도 늘 잘 부탁드립니다!!

그리고 저희 형도 잘 부탁드립니다. ㅋㅋㅋㅋ 형이 걸핏하면 주변에 자기 걸 나누는 '기부 천사'인 데다가 어깨랑 목 안마가 좀 많이 필요하고 이곳저곳 자주 쑤시는 '종합병원'이거든요. 그래서 속 좀 썩으실 거예요…. ㅎㅎㅎ 그래도 참 현명하고 아량이 넓고 이야기도 잘 들어주고 인내심도 깊고 존경할 구석

이 가득한 우리 형과 앞으로 행복하게 지내실 걸 생각하니 괜히 저도 행복해집니다!! 조만간 축하 가득 담아서 뵐 날만 손꼽아 기다려요~~! 내일 생일 진심으로 축하드려요!!

6.

이) 이렇게 기쁜 날! 하나님께서 이 땅에 지송 형님을 보내 주신 날! 함께 생일을 축하할 수 있어 참 감사하구 행복하네요!

지) 지금까지 형님을 뵈며 얼마나 좋으신 분인지는 확실히 알 수 있었어요. 따뜻하고, 밝으시며, 자상하시고, 잘 챙겨 주시는 저의 큰형님!

송) 송 형님과 함께 앞으로 평생 함께할 나날들이 매우 기대되고 설렙니당. >_< 오늘 생일 진심으로 축하드리고, 신랑 되실 광명 아주버님과 행복한 하루 보내시길 바라요-♡(포항에서 곧 봬요. 형님!!! ><)

2018. 6. 14.

아들들아

이담에 돈 벌걸랑 아빠가 할머니에게 한 것처럼 이 애미에게 월급의 십분의 일은 꼭 챙겨 줘라

용돈 입금 날자가 지나 아들인 네게 채근하면 곧 송금할 테니 기다려 보라고만 하고 네 부인을 너무 나무라지 말아라

"어머니 신경 쓰시게 왜 안 부쳤냐? 확인하시러 은행 다녀오는 헛걸음하시게 했냐? 그런 것 신경 안 쓰게 맘 편하게 해 드리는 것 효도가 아니냐?"며 시어머니 앞에서 나를 핀잔해 맘 상하게 하는 아빠처럼 하지 말아라

너의 아내에게 살짝 "노인이 되면 아이 되나 봐~ 어련히 드릴 텐데 재촉이셔" 하며 "우리 할머니도 좀 심해서 울 엄마가 스트레스 받았다고 우리가 좀 더 배려하자고 해라"

나도 늙으면 어떻게 변할지 모르겠구나…

2013. 1. 7.

장기

아들과 업어 주기 내기 장기에서 이긴 남편
진짜 업히는 남편은 얄밉고
진짜 업어 주는 아들이 안쓰러웠다

부전자전 하루하루 실력이 향상되더니
아들이 아버지 등에 자주 업혀 미안한지
이제부터 아빠가 지면 엄마를 업어 주란다

남편 등에 업히게 해 준 기특한 장남
대학 방학이면 올라와
적잖은 효도를 한다

형만 한 아우 없다 했던가?

2008. 7. 29.

기적일기

맞선임이 삼진 아웃제를 만들어
교회 못 가게 되었다고 기도해 달란다

중대 전체 모임이 있었는데 최고선임이
동녘은 일요일 교회 가니까 토요일 근무 서라고 했단다

좋았지만, 이미 삼진 아웃 당해 대답을 못하고 주저하는데
자초지종 캐물어 모든 것을 알게 된 최고선임은
"그건 아니지~ 나도 너희들 삼진 아웃 만들어 모든 행동 저지할까? 종교의 자유는 허용하라"는 최고선임의 배려는
하나님이 일으키신 기적이란다

어려운 상황 때마다 기도를 부탁하며
기적을 체험하는 자신도 놀라고
듣는 우리 가족도 놀라니
주님이 하셨단다

2011. 11. 14.

세컨드 비자(2nd Visa)

한국 군대는 제 1광야

호주 워킹홀리 삶은 제 2광야라던 둘째 아들

세컨드 비자 받기 위해 우퍼 3개월 하면서

양치는 목동 다윗과 같이 온갖 짐승들과 교류하면서

목자장이신 주님을 가까이 만난단다

사도 바울 같다는 좋은 농장 주인 만나 인도로 단기 선교 같이 다녀온 후 보디발 장군의 집 관리로 들어간 요셉처럼 미국으로 3주 휴가 떠나는 주인집의 넓은 농장 관리를 혼자 맡았단다

힘들게 번 돈으로 동생 워킹홀리 티켓 사 주고

단기 선교하고 어려운 곳으로 흘려보내고

모든 재정 하나님께 여쭤 보고

지출한다니 뭘 더 바라랴!

2014. 1. 22.

잉햄(Ingham)

호주 워킹홀리 학생들이 제일 가고 싶어 하는 잉햄
다른 곳은 자국민들만 뽑지만
브리지번에서는 워킹홀리 일부 채용한단다

세컨드 비자 받기 위해 농장 일 끝나고 조건 없이 농장 관리
그 전에 일하던 난도스에서 다시 오라는 유혹도 뿌리치며
성실히 일하고 나와 바로 채용 공고에 최종 합격했단다

보내신 곳으로, 남으라는 곳으로,
훈련을 잘 통과하였더니 좋은 것 주시는 주님을 체험했단다

이렇게 돈을 많이 벌게 해 주신 이유가 있을 거라며
단기 선교 3백 쓰고 남은 5백 중 마음에 감동이 생겨
3백을 플로잉 했더니 더 큰 것으로 주셨단다

평생 살면서 재정과 싸워야 할 인간이라는 걸 느꼈다는
외국인 학생 노동자 아들에게 박수를 보낸다

2014. 2. 8.

신온유 생일 삼행시

1.

신) 신비하고 오묘한 하나님의 크신 섭리 가운데

모든 이들의 사랑과 축하를 받으며

이 땅에 태어난 너 하나님의 사람이여

온) 온전하고 거룩한 사랑의 마음으로

주님 가신 발자취를 따르며 섬김의 길 걸어가는

아름답고 사랑스러운 여인이여

유) 유 아 마이 선샤인 마이 온리 선샤인

일편단심 오직 한 사람 박한길을 사랑하고 기뻐하며

믿음의 복된 가문을 세워 가는

지혜롭고 현명한 여인이여

그대 이름은 바로 신온유로다~!!!

우리 집의 귀요미 막내 며느리의

스물아홉 번째 생일을 축하하며

행복한 하루 되기를 기원한다~^^

2.

신) 신통방통한 울 며느리

온) 온유한 길 둘이 함께 걷는 아름다운 신부

유) 유한한 사람의 사랑
무한한 하나님의 사랑
듬뿍 받아
냉랭한 세상 온기로 품어 주는
따뜻한 사람 되길 기도한다.

오늘 강화농업대학 총동문 체육대회 타악퍼포모스 공연 간다
신나는 북소리 포항까지 울려
최고로 신명 나고 즐거운 하루 되렴
사랑하고 축복한다^^ ♡♡♡

3.

신) 신나는 주말 그리고 이십 대의 마지막 생일. 여러모로 의미가 있는 이 기쁜 생일에 오늘 하루를

온) 온니(Only) 행복하게 즐길 수 있기를~ 밀린 일들, 갑작스럽게 들어오는 일들, 신경 써야 할 것들, 모두모두 내려놓고 감사와 행복이 넘치는 여유 있는 생일 보내길 진심으로 바라~

유) 유능한 직원이자 현명한 아내이자 부모님께는 자랑스러운 딸 온유. 생일 축하해! 1년의 반이 지나가는 이 시점에서 다시 한 번 맘과 몸을 점검하며, 하반기를 잘 준비하기를~
축복 축복해!!!

4.

신) 신이 주신 귀한 날, 6월의 어느 멋진 날! 온유 동서의 생일을 진심으로 축하해요~~

온) 온종일 일하느라 바쁘고 힘들 텐데 생일날만큼은 사랑하는 남편인 도련님과 함께 행복하고 즐거운 시간 보냈으면 좋겠어요~! 저도 가까이에 있다면 곁에서 생일 축하하며 재미있는 시간 보냈으면 하는 마음이 크네요~ ㅜ_ㅜ

유) 유리처럼 투명이 빛나는 마음과 사랑스러운 외모의 소유자~ 의지하게 되는 형님 같은 동서~ ^_^ 얼굴 마주 보며 하하호호 웃게 될 그날을 오늘도 기대하며 생일 축하 삼행시를 마무으리합니다~ 동서 생일 축하해요~~ 짝짝짝

5.

신) 신사숙녀 여러분~ 오늘은 아주 특별한 날입니다.

온) 온전한 삶을 위해 아름답고 치열한 분투를 해 나가고 있는 멋진 사람!
유) 일무이한 존재, 요즘 시대에 보기 드문 여자, 한길이의 소중한 삶의 동역자, 신온유 제수씨의 생일입니다!!

온유 생일 축하해!
포항에서 일하면서 가정생활 꾸려 나가느라 고생이 많네. 그 수고와 배려, 헌신이 너희 가정에 풍성한 열매를 맺게 할 거라 확신해! 앞으로의 삶 속에서도 계속 사랑과 축복이 넘치길 기도할게. 즐겁고 의미 있는 하루 보내~!!

6.
신) 신이 내게 주신
온) 온유야
유) 유아 마이 라이프 앤 마이 라이프 이즈 유얼스(You are my life and my life is yours.)

2019. 6. 8.

새아가

화장을 안 해도 예쁜 새아가
싱그러운 피부 입술의 흑진주 점까지 매력 넘친다

미소가 아름다운 새아가
생글생글 발랄한 웃음이 보는 사람 기분 좋게 만든다

목소리가 개성 있는 새아가
허스키면서 가식 없는 음색이 듣는 사람 편안함을 준다

웃음소리가 호탕한 새아가
옆에 있는 사람 덩달아 따라 웃고 싶게 만든다

울 어머니도 날 보고 이렇게 좋아하셨을까?
암, 그렇구 말구
벽면 액자 안에서 말씀하신다

2017. 1. 16.

천둥 번개

천둥 번개 소리가 얼마나 크고 무서운지
이불 속에서 머리도 못 내밀겠다
지난해는 교회 컴퓨터가, 지지난해는 주택 냉장고가
이번에는 교회 전화기가 번개를 맞았다

학교에서 공부하는 막내 연락도 안 되고 답답하다
부모들이 걱정했던 그 시간 강고 3학년 교실은
창문마다 아이들이 몰려 즐거운 축제 시간이었단다

공부하기 힘들고 지겨운 시간에 밖의 불꽃놀이 구경하며
환호성을 질렀다니 어이없었다

하지 않아도 될 걱정을 하며 시간을 보냈으니
걱정한다고 걱정이 사라지면 걱정이 없겠다
어떠한 일이든 걱정할 시간에 기도하고 맡기리라

2009. 10. 16.

논산 면회

막내 아들 입대하던 날 피디티에스 훈련과 겹쳐 친구들이 데려다 주고 오늘 첫 면회 가는 날인데 비가 오고 차가 밀린다.

화장실이 급해 휴게실 들러 가자니까 늦었다며 깡통이나 패트병 있나 찾아보란다. 여자는 요도가 짧아 저장량도 적고 깡통과 패트병이 있다 해도 불가능해 오줌보 터질 것 같다 소리쳤더니 휴게소에 세운다. 끊어지지 않고 나오는 소변을 보니 오줌통이 어지간 불었던 것 같다.

정문에 도착하니 막 끝나고 사방에서 군인들과 가족들이
우산을 쓰고 구름 떼와 같이 몰려나온다.

우린 강물을 거슬러 올라가는 연어처럼 역주행하며
전쟁 영화에서 방향을 거슬러 연인을 만나러 힘들게
가는 주인공이 되어 영화를 찍는 듯했다.

강당에 들어가니 열댓 명 서 있다. 소대장님이 달아 준 이등병 작대기 다시 떼어 직접 달아 주고 정성껏 준비해 간 점심 먹고 목욕

탕도 다녀왔다.

야스킹, 장거리 훈련, 배식 담당 등 힘들고 포기하고 싶었을 때 힘이 되어 준 가족에 고맙고 무엇보다 거짓말이 난무한 생활 속에 하나님 영광 받으시도록 정직과 성실로 행동했더니 '성실한 전우' 이름 써서 내는 데서 제일 많은 표가 나오고, 대대장 상을 받게 되었단다.

카투사는 미8군 지원단으로 후반기 교육받은 후 배치되는데 어느 곳이든 하나님이 머물라 하시는 그곳에서 최선을 다하겠단다.

누굴 닮아 그리 머리통도 크고 잘생기고 늠름하고 지혜로운지…….

2012. 5. 30.

자두

카투사 컬럼버스데이 휴가란다

“외박 나오는데 뭘 먹고 싶니?”
“생각해 보고 문자할게요”

며칠 뒤
“자두, 그 외는 엄마가 알아서요”

마트에 다행히 자두가 있었다
“남자도 입덧을 하니?
갑자기 웬 자두가 생각났니?”

“ㅋㅋㅋ 50대 여성들에게 자두가 좋은 과일이래요”
“…… 우와 감동”

막내 아들이 사랑스러운 이유 중에 하나이다

2012. 10. 5.

2-4
손주 해솔

해솔

해를 품은 소나무를 보며
너를 생각한다

시공간을 초월해
어디서나
너를 볼 수 있어 좋다

건강하게 잘 커서
내년 6월에
한국 땅에서 만나자

보고 싶다
사랑하고 축복한다

2019. 5. 11.

삼부자 푸쉬업

자식은
부모가 하라는 대로 하는 것이 아니라
부모가 하는 대로 하는 것임을
다시금 깨닫는다

해외 거주 입국자 자가 격리 기간 동안
열심히 푸쉬업하는 아들을 따라 했다던 손주

운동이라는 말이나
푸쉬업하는 흉내를 내기만 하면
열심히 따라 하는 사랑스런
14개월 손주가
온 집안에 웃음꽃을 피게 한다

2020. 6. 22.

양치기 소년

양) 양치기 소년은 늑대가 나타났다고 거짓말을 했어요.

치) 치타처럼 무서운 늑대가 진짜 나타났을 때 소리를 질렀지만 동네 사람들은 또 거짓말인지 알고 못 들은 척했어요.

기) 기린처럼 목을 길게 빼고 이번에는 진짜라고 소리 질렀지만 아무 소용이 없었어요.

소) 소리가 아무리 커도 거짓말을 몇 번 했더니 사람들은 믿지 않았어요.

년) 연속해서 얘기해도 듣지 않았죠. 거짓말은 남을 속이고 나를 속이고 내 양들과 나를 잡아먹었죠.

“할아버지! 어떤 상황에서도 거짓말을 하면 안 되나요?”

“해솔아! 거짓말은 절대 해서는 안 되는데 지혜가 필요할 때가 있어~

오래전에 미스코리아 대회 방송을 할미와 함께 보고 있는데 갑자기 할미가 ‘나와 저 여자 중에 누가 더 예쁘냐’고 묻더라구. 나는 거짓말을 할 수 없어서 ‘객관적으로 저 여자가 더 예쁘지!’라고 해서 며칠 곤혹을 치렀지.

그때 할미에게 안 잡혀 먹은 게 다행이여~ 할미는 그걸 몰라서 물어봤겠어?
여자의 질문에는 듣고 싶은 답이 있으니 주관적인 생각을 잘 말해야 할 때가 있단다."

2020. 7. 16.

모래놀이

저는 애틀란타에서 태어나 흙을 만져 보지 못했어요
미국 대학의 가난한 유학생 아빠가 모래 있는 곳으로
데려갈 시간이 없었을 거예요

강화에 오니 모래가 있어 얼마나 좋은지 행복해요
할머니는 모래로 밥을 잘 지으시고 케이크도 만들어 주시고
할아버지는 두꺼비집을 만들어 주시고 얘기도 해 주셔요

엄마 두꺼비가 새끼 알을 품으면 독사에게 잡아먹혀 죽고
뱀의 몸속에 들어가 두꺼비의 독으로 뱀을 죽이고
알에서 깨어난 새끼들은 죽은 어미와 뱀을 먹고 자란대요

헌 집은 자식 위해 자신을 희생한 어머니 두꺼비의 사랑이고
새집은 새끼 두꺼비를 말한대요

목숨까지도 내놓고 죽기까지 사랑하시는 그 사랑
그렇게 사랑을 배우고 살다 그렇게 죽는 두꺼비 사랑

그 완전한 사랑이

독생자 예수님의 사랑 같아요

2020. 7. 28.

방방

할머니! 자꾸만 넘어져요
해솔아~ 처음 시작은 다 그런 거야
넘어져야 일어나는 법을 배울 수 있는 거란다

할머니! 넘어졌는데 멋진 하늘과 구름이 보여요
해솔아~ 넘어진 곳에서 실망하지 않으면
더 멋지고 소중한 것을 볼 수 있는 거란다

할머니! 어떻게 해야 할머니처럼 뛸 수 있어요?
해솔아~ 넘어지는 것을 두려워하지 말고
될 때까지 하다 보면 언젠가는 할 수 있는 거란다

할머니! 어디까지 높이 뛸 수 있어요?
해솔아~ 우리 마법의 방방을 타고
달나라에 가서 토끼를 만나 볼까?

좋아요!

2021. 11. 27.

NEW YORK

스마트폰

할아버지!
스마트폰 많이 하면 거북목이 되어 목디스크 걸린다니
조심하셔요

할아버지!
시력은 더 나빠지면 좋아지지 않으니 눈 마사지도 하시고
눈을 혹사시키지 마셔요

할아버지!
스마트폰에서 전자파가 많이 나와 수면 장애가 온다니
주무시기 2시간 전에는 사용을 자제하시고 주무셔요

할아버지!
차 운전하실 때 신호 대기 자투리 시간에 핸드폰 보신다면서요?
사고는 순간이니
그럴 땐 귀요미 저를 생각해 주셔요…

2021. 7. 5.

MICKEY
MOUSE

신발

해솔아!
동네 형아가 신발을 많이 주어서 빨았단다

좋은 주인을 만나면
가자는 곳으로 데려가 준다고
너를 기다리고 있단다

슬리퍼 신고 모래놀이도 하고
장화 신고 물웅덩이 물도 튀겨 보고
운동화 신고 달리기도 하고
털신 신고 눈사람도 만들고
조금 더 크면 산에도 같이 가자

너의 신발을 빨면서
할아버지, 할머니 등산화도 빨았는데
험한 길, 가파른 산을 오를 때마다
늘 안전하게 지탱해 준 신발에게 고맙다고 얘기했단다

묵묵히 주인을 섬기는

신발에게 감사를 전할 수 있는 하루였어…

2021. 8. 17.

아버지 손

아버지 손은 엄청 크고
참 따뜻하다

아버지 손을 잡고 있으면
두려울 것이 하나도 없다

아버지가
내 아빠라서 참 좋다

2022. 5. 9.

기차놀이

"할머니! 트트 트레인 알아요?"
"모르는데~ 어떻게 하는 건지 해 볼래? 시작~"
"트트 트레인 타자 타자. 이게 트트 트레인이죠~"

나와 할아버지 기차
나와 할아버지와 아빠 기차
나와 할아버지와 아빠와 엄마 기차

엄마 기차 배 속에
내 동생이 타고 있어요
동생아 재미있니?
엄마 기차에 안전히 있다 나오렴

엄마 기차는
아기를 태웠으니
특별히 조심하셔요

2022. 5. 9.

데칼코마니

할머니 어릴 적
초등학교 미술 시간
종이에 물감을 짜서
반으로 접으면
예쁜 나비가 나타났대요

유리 앞에 서 있는데
나보다 멋지지도 않고
나보다 못생기지도 않은
나와 똑같은
아이가 나타났어요

나 그대로
멋지게 살아야
멋진 사람으로 비춰지는
대칭이 주는 아름다움
데칼코마니래요

2022. 5. 9.

헬리콥터

해솔아!

마을 뒤 성덕산에 올랐는데 헬리콥터가 가까이 떠서 너에게 보여 주려고 재빨리 사진을 찍었단다.

헬리콥터만 보면 할배는 57년 전 군부대 유치원 다니셨던 얘기를 하시는데 어린 마음의 상처는 오래 가는 것 같구나.

강원도 원통 부대 안에 내려앉은 헬리콥터를 처음 보는 순간 신기해서 넋 놓고 쳐다보다 교실에 늦게 들어갔더니 앞으로 나오게 하여 해솔이 키만 한 시꺼먼 출석부로 머리통을 내려치시더래~. 지금과 달리 그때는 선생님들이 무서웠단다.

만약 이 할미가 선생님이었으면 왜 늦었는지 물어보고
본 것을 이야기하게 한 뒤 잘했다고 박수 쳐 주었을 텐데….
그럼 할배가 비행기 조종사가 되었을지 누가 알아?
앗, 그럼 이 할미를 못 만났을 테니 그건 안 되겠다. ㅎㅎ

해솔이가 차를 보고 노래를 만들어 부를 때 할미가 깜짝 놀랐지~.

그렇게 이야기를 만들어 상상의 날개를 펴고 맘껏 달려 보고 비행기처럼 높이 멀리 날아 보거라.

2022. 5. 20.

복화술

왕눈아, 안녕!
내 입을 크게 열고 말을 해야 해요

해솔아, 안녕!
인형 입만 벌리고 내 입은 벌리지 말고
입 속에서 복화술로 말해야 해요

복화술은
일반적인 인형극이 아니라
복식호흡으로 말하는 기술로
어떤 사물과도 이야기할 수 있어요

스마일 웃는 모습으로 입술을 양쪽으로 늘리고
입속에서 말을 끄집어내서 던지는 것이에요

복화술은 하다 보면
웃는 얼굴로 인상도 밝아지고
복식호흡으로 건강해질 수 있대요

할머니가 알려 주신 대로 해 보았더니
뭐가 뭔지 잘 모르겠지만 재미있네요
왕눈이와 친해져야겠어요

2022. 6. 22.

초록 벼

초록초록 작은 벼들이
살랑살랑 춤을 추고 있어요

엄마와 손을 잡고
덥지만 시원한
시골 바람을 맞아 봅니다

풀 냄새와
바람 냄새에
더위도 잊은 채
행복한 여름 한나절을 즐깁니다

하얀 쌀을 가지런히
붙여 놓은 것 같은
엄마의 치아가
초록 위에 보석처럼 빛납니다

2022. 7. 24.

비눗방울 놀이

비) 비가 억수로 내리는 날
할매와 하네 까페에 왔어요

눗) 누리누리 온누리에 퍼져야 할 비눗방울이
비 때문에 높이 올라가지 못하고 사라져 버려요

방) 방긋방긋 웃던 꽃들에게
비눗방울을 쏘았더니 맵다고

울) 울어서 하늘 높이 들고 쏘아 보았어요
내가 좋다고 남에게도 다 좋은 것은 아닌가 봐요

놀) 놀이할 때는 나도 재미있지만
남도 배려할 줄 알아야겠어요

이) 이렇게 비를 맞고 노는 것은
엄청 신나는 일이에요

2022. 6. 27.

젤리와 사랑

"할머니! 젤리 드릴까요?", "그려~"
주머니를 뒤적여서 빈손을 내밀어 드렸다

할머니가 받는 시늉을 하시더니
포장을 뜯어 입에 넣으시며
바나나 맛인데 맛있다고 또 달라 하셔서
이번에는 수박 맛이라 하고 드렸다

다 드신 후 할머니도 내게 뭔가 주신다며
주머니 속에서 한참 뒤적거리시더니
엄지와 검지를 포개 하트를 만들어 주셨다

우리가 깔깔거리며 웃었더니
뒤에 있는 수국 꽃도 환하게 웃는다

보이지 않는 젤리와 사랑을 주고받고 보니
사랑은 달콤한 것인가 보다

2022. 7. 24.

왕할머니

내 나이 40개월
울 아빠가 나만 했을 때
남동생 1명과 할머니 배 속에
곧 태어날 남동생 1명 대가족이었대요

할머니의 엄마이신 왕할머니는
큰딸인 할머니가 힘들까 봐
오가며 아빠를 잘 돌봐 주셨대요

할머니가 나를 예뻐하시듯
왕할머니가 아빠를 좋아하셔요

그 왕할머니가 어느새 83세
아빠보다 나를 더 예뻐하시는 것 같아요

내가 장가가서 아들을 낳으면
할머니도 왕할머니가 되어
증손자를 예뻐하시겠네요

왕할머니! 건강하게 오래오래 사셔서

저를 위해서도 기도 많이 해 주셔요

2022. 8. 1.

밤 줍기

왕할머니와 뒷동산에서 밤을 주웠어요
밤톨 속에서 나오지 않는 것은
벌려서 빼는데 껍질 속을 펼쳐 보면 예쁜 꽃이 돼요

밤톨이 떨어져 머리에 맞을 수 있어 모자도 써야 하고
가시에 찔리지 않기 위해서는 장갑도 끼어야 해요

아빠밤, 엄마밤, 아기밤 크기도 다양한데
한 알씩 나눠 먹으면 여러 명 먹을 수 있겠어요

열매는 갓난아기라 어떻게 먹을까 걱정했더니
작은 엄마가 드시면 밤의 영양분들이 모유에 모여
열매가 먹을 수 있는 거래요

우리 엄마 배 속의 동생도 먹이려면
제 것을 엄마 드리면 되겠어요

2022. 9 26.

해솔 코로나

미국에서 출생해 첫돌 지나
한국에 입국했더니 콧구멍 후비기
두 주간 격리 끝나고 또 콧구멍 후비기

지난 3월 아빠가 확진되어
온 가족이 콧구멍 후비기

어제 엄마가 확진되어
온 가족이 콧구멍 후비기

왜 이렇게 무섭고 아플까?
울어도 소용없이 오늘은 내가 확진된 날

엄마 배 속에 있는 동생아!
우리 잘 이겨 내자

인생 살기 쉽지 않네요

2022. 9. 6.

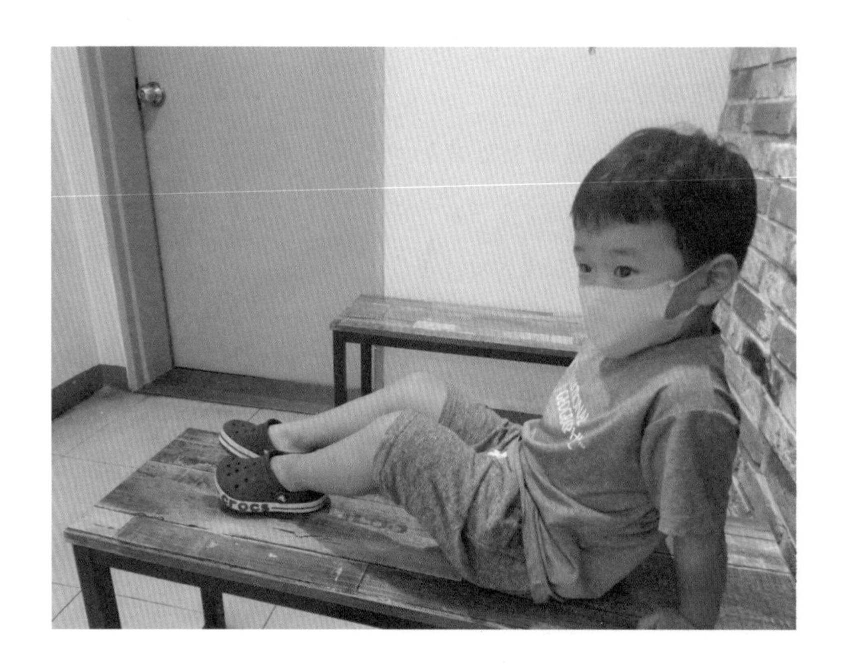
crocs

가위바위보

꽃밭에서 할머니와 가위바위보 놀이를 했어요

보자기를 내서 가위에게 졌지만
보자기를 타고 하늘로 날아
구름도 타 보고 새도 타 보았어요

할아버지는 보자기를 내셨지만
상상의 날개가 펴지지 않아 날지 못했어요

생각의 근육도 자주 쓰지 않으면
퇴화되어 못 쓰게 되니
자주 상상의 나라로 가 보라 하셨어요

열정을 다해
놀아 주시는 할아버지
꽃보다 할배이십니다

2022. 9. 26.

꽃다발

할머니가 코스모스를
할아버지가 강아지풀을
꺾어 주셨어요

꽃다발을 만들어
꽃을 좋아하는
꽃같이 예쁜
엄마에게 드려야겠어요

자전거를 타고 갈까?
아니야
시들기 전에
자전거보다
더 빨리 뛰어가야지

2022. 9. 26.

전망대

북한 땅이 1.8km 앞에 보이는
평화전망대에 올라갔어요

군인 아저씨들도 많고
전쟁 때 쓰였던 진짜 탱크도 있어요

망원경을 통해 북한 땅을 보니 신기했고
북한 땅을 바라보며 그리운 금강산 노래를 불렀어요

전쟁은 안 돼요
나같이 힘이 약한 어린이들은 물론
너무 많은 사람들이 죽고 다쳐요

자본은 전쟁을 원하지만
우리는 평화를 원해요

이 땅에 평화를 주옵소서!

2022. 11. 2.

001
해병대

공 던지기

삼촌이 공을 높이 던졌는데
달 속으로 들어가고 말았어요

작은 공을 빼 오려고
양쪽 손에 매달려 뛰어 보기도 하고
삼촌이 높이 올려 주셨는데
닿지 않았어요

할머니가
주문을 외우더니
공을 찾아다 주셨어요

우와~
할머니 멋져요
할머니 최고예요

2022. 11. 6.

00:11 / 00:11

박해솔 첫돌 삼행시

1.

박) 박씨 가문 맏손자로 태어나/온 가족의 사랑 듬뿍 받으며

지난 한 해 건강히 잘 자라 준/천하의 귀염둥이 우리 장군

해) 해솔아 첫돌 추카추카/오늘은 삼행시로 축하하고

나중에 귀국하면/돌잔치 상 푸짐하게 잘 차려 주마

솔) 솔내음 그윽한 산을 올라/밝은 햇살 환하게 비춰 오면

사랑스런 너의 모습 떠올라/흐뭇한 미소 절로 짓게 된다

우리 가족의 행복 비타민아!

2.

박) 해솔 미국에서 태어나 맞는 첫돌을 축하한다

돌 전에 걷고 축구도 하고

지혜롭고 총명하게 건강하게 자라 주어 고맙다

해) 해솔 사진과 동영상을 보고 나면 할매는 힘을 얻고 행복하단다 많은 사랑을 받고 자랐으니 받은 사랑 흘려보내는 사람이 되거라

솔) 솔 향기 피톤치드가 건강 바이러스 푹푹 뿜듯이 너를 통해 행복 바이러스가 급속도로 퍼지길 기도한다

3.

우리 깜찍하고 귀엽고 똑똑한 해솔이의 생일도 축하한다. ^^
형과 형수님을 만나 몸과 마음에 엄청 좋은 음식을 먹는 너는 그 누구보다 행운아다.
그 사랑을 마음껏 받고, 마음껏 누리며, 마음껏 베푸는 우리 해솔이가 되길 바란다.
너를 꽃 피우고 열매 맺기 위해 거름이 되어 주시는 부모님 말씀 잘 듣다가 다음 달에 만나자. ^^

4.

박) 박진감 넘치는, 아니 긴장감 넘치는 작년 4월 4일을 아빠는 또렷하게 기억한단다. 4월 1일 출산 예정일이 지나고 해솔이가 이 세상에 곧 나올 것을 직감한 아빠 엄마는 저녁을 먹은 후 애틀란타에서의 7개월을 정리하는 시간을 가졌어. 만났던 사람들 갔던 곳들을 정리하고, 특히 엄마가 임신 중에 먹었던 것들도 싹 다 정리했단다. 그 이야기가 궁금해서였을까? 저녁을 먹고 난 뒤 너는 엄마에게 신호를 주기 시작했지. 가진통, 이슬, 진진통을 너는 하루 만에 다 느끼게 해 주었단다. 아빠는 옆에서 진진통 체크하는 어플로 엄마의 진통 주기를 체크했어. 한 삼십여 분이 지났을까? 진통의 주기는 점점 짧아져 오고, 어플에서는 지금 당장 병원으로 가라는 이야기를 해 주었어. 미리 짐을 싸 놓은 것을 가지고 미드타운 에모리병원으로 향했지.

해) 해가 없는 늦은 밤이었지만, 아빠에게는 모든 것이 환하게 보이는 낮 같았단다. 엄마는 이미 자궁문이 6cm가 열려 있었고 아무 조치를 하지 않고 참을 수 있을 만큼 참으며 진통을 이겨 냈어. 진통이 올 때는 옆에서 보고 있는 것이 안쓰러울 정도로 힘들어 보였어. 손을 꼭 잡아 주며 함께 그 시간을 버텨 냈단다. 엄마가 한 번은 너무 세게 아빠의 손등을 손톱으로 눌러서 자국이 아주 세게 남기도 했지. ㅎㅎ 그만큼 힘든 과정이었어. 그런데 네가 나올 기미가 안 보여서 엄마는 진통만 거의 14시간을 해야 했단다. 잠을 한숨도 못 자고 온 엄마 아빠는 중간에 꾸벅꾸벅 졸기도, 잠들었다가 깨기도 하며 널 기다렸어. 고통스러운 여러 번의 내진이 지나가고 드디어 2019년 4월 5일 2시 40분경에 이제 10cm의 자궁문이 다 열렸다는 보고를 받았어. 이제 푸쉬를 할 차례! 아빠는 며칠 전부터 엄마와 함께 연습했던 라마즈 호흡법을 기억하며, 엄마가 크고 길게 호흡을 할 수 있도록 뒤에서 도와주었어. 원, 투, 쓰리, 후!! 또 다시 원, 투, 쓰리 후!!!! 그렇게 30분이 지나고, 아빠는 이 세상에서 가장 우렁차고 반가운 소리를 들었어!

솔) 솔찬히 긴장했던 아빠의 긴장이 싹 가시는 우렁찬 울음소리! 너는 아주 건강하다는 걸 증명이라도 하듯 씩씩하게 울었단다. 잠시 후 아빠에게 탯줄을 자르는 미션이 주어지고, 떨리는 손으로 아빠는 너의 탯줄을 잘랐단다. 우렁찬 너는 3.3kg로 우리에게 와 주었어~.

1년 동안 우리와 함께 있어 주어 고맙다 아들아. 더 사랑하고 더 웃으며 살아가자~. 이기적인 사람이 되라고 소리치는 세상에서 넉넉히 베풀 수 있는 사람이 되기를, 웃음이 가득한 사람이 되기를, 무엇보다 너를 지으신 분을 사랑하고 그분이 지으신 사람들을 따뜻하게 사랑하는 사람이 되기를 진심으로 축복하고 바란다. 첫 번째 생일을 진심으로 축하한다 해솔아♡ 사랑한다~.

5.

박) 박장군 박귀염둥이솔 해박 솔 소리 해 박장난꾸러기! 해솔아 너는 별명도 참 많구나. 너의 모습을 다 담으려면 별명이 몇 개가 있어야 할까? 해마다 더 많은 별명들이 생겨나겠지? 그만큼 넌 더 사랑스러워지겠지? 벌써부터 설레고 안 봐도 귀엽구나.

해) 해솔이가 엄마아빠에게 온 지 일 년이네~ 하루하루는 시간이 안 가는 것 같기도 했는데 일 년은 금방 지난 것 같다. 너의 예쁘고 사랑스러운 모습 다 기억하지 못하는 것 같아 엄마는 너무 아쉬워… 나중에 다 기억할 수 있을까? 기억하지 못해도 또 새로운 모습으로 우리를 기쁘게 해 주겠지.

솔) 솔직히 말야 너는 정말 귀엽고 사랑스러운 것 같아. 고슴도치 엄마라 사람들이 말하며 웃더라도 상관없어~! 엄마 눈엔 너가 세상에서 제일 귀엽고 사랑스러워! 앞으로도 더 많이 사랑할게! 우리 같이 행복하게 살자!

우리 곁으로 와 준 해솔아 진심으로 사랑하고 고마워!
붉은 태양 가슴에 품은 푸른 소나무, 해솔!
그 이름처럼 살아가는 네가 되길 늘 응원하고 기도할게!

2020. 4. 5.

2-5
손주 산들

박산들 첫돌 삼행시

1.

박) 박수갈채를 뜨겁게 보낸다

평화로운 모태에서 나와서 험한 세상 마주한 지 일~ 년

산) 산바람 조강 건너 달려오고

태양은 대지를 춤추게 하며 초목도 즐거이 뛰노는구나.

들) 들판엔 푸른 물결 출렁이고

밭에는 생명 열매 익어 가니 지화자 좋을시고 할렐루야

산들아 너를 항상 응원한다. 발아래 활짝 트인 넓은 세상

한 걸음씩 힘차게 나아가렴. 사랑하고 축복한다~^^

2.

박) 박산들이 우리에게로 온 지 벌써 1년이 되었다

모처럼 12일 날 잡았는데 코로나 4단계로… 더한 것이 와도

너는 사랑받기 위해 태어난 소중한 존재란다

산) 산들이가 어느 날 혼자 뒤집었다고, 혼자 앉았다고, 혼자 일어

섰다고, 엊그제는 혼자 한 발 떼었다고, 잘 먹는다고, 똥 잘 싼

다고 박수를 쳐대니 남들 다 하는 건데 왜 그리 사랑스럽고 대견하더냐!

들) 들에 핀 백합화를 입히시고 먹이시는 하나님께서 산들이의 모든 앞길을 인도해 주실 줄로 믿고 감사를 드린다.
돌잡이로 온종일 웃음을 주었던 산들! 위 모형(의사), 성경, 찬송(목사), 붓(학자)을 잡고 말씀카드로 모세, 다윗, 요셉을 뽑았으니 알아서 좋아하는 것 하며 행복하게 살아라.

3.
박) 한길 아빠와 신온유 엄마 사이에서 태어난 듬직하고 귀여운 나의 첫 조카 산들아! 어느새 너가 사계절을 다 보내고 다시 무더운 7월을 보내고 있구나. ㅎㅎ 너는 어느 계절을 제일 좋아하니?

산) 들산들 부는 바람을 맞을 때마다 너의 표정과 장난스런 몸짓이 생각난단다. 무더운 여름에 잔잔한 산들바람이 에어컨처럼 시원하게 느껴지는 것처럼, 사람들을 돕고 사회를 이롭게 하는 멋진 아이로 성장하길 기도해!

들) 들(덜) 먹지 말고 맛있게 적당히 잘 먹고, 잠도 푹 자서 어서 무럭무럭 자라길 바라~. 어서 해솔이 형과 재밌게 놀 수 있게 쑥 쑥 자라렴! 그리고 너에게 부모님이 엄청난 사랑을 주고 계시다는 것을 나중에 이 삼행시를 보고 꼭 기억하길 바라~. ㅋㅋ

산들아! 우리에게 웃음, 즐거움, 행복을 주어서 고마워~ 앞으로도 건강하게 잘 자라 줘~. By. 큰아빠.

4.
오늘이 우리의 미래를 이끌어 갈 인물 중 하나인 사랑이 넘치고
예술성이 풍부한 박산들 의사가 태어난 날이구나~!!
지금까지 건강하게 잘 자라 주어서 정말 감사하고 행복하다

부모의 헌신과 희생이 없었다면 그런 귀한 생명인 산들이는 존재할 수도 없었겠지. 그런 의미에서 부모들은 정말 위대해

이 뜨거운 열기 속에 시원한 그늘을 만들어 주는 녹음처럼
뜨거운 사랑과 시원한 지혜를 갖춘 산들이가 되길 바라~!

5.
박) 한길의 첫째 아들 산들아~
산) 이 되어라~ 오름직한 산!

들) 이 되어라~ 푸르른 들! 사랑한다♡

6.

박) (밖)에서 수많은 임산부들, 유모차를 끌고 가는 엄마들, 귀여운 아가들을 봤을 때는 몰랐지. 그 모든 순간들이 얼마나 귀하고, 얼마나 아름답고, 얼마나 소중하고, 얼마나 행복한 것인지 말이야.

산) 들이는 엄마아빠에게 그걸 알게 해 주었어. 산들이는 엄마 아빠가 산들이를 통해 비로소 하나님의 사랑을 더 깊이 알고, 이 세상을 더 넓게 바라보고, 나 자신을 내어줄 수 있을 만큼 사랑하는 것이 어떤 것인지 알게 해 주었어. 너의 존재만으로 말이야. 산들이는 하나님이 엄마와 아빠에게 주신 가장 큰 선물이야.

들) 아. 오름직한 동산, 푸르른 들이 되어 누구든지 와서 기댈 수 있고, 쉴 수 있는 사람으로 자라 주렴. 사랑스러운 너를 통해 하나님의 사랑이 이웃에게 가득 전해지길. 첫돌 축하해! 나의 아들, 사랑해♡

2021. 7. 24.

누구셔요?

"아빠하고 닮았는데~

누구셔요?"

"아빠의 아빠란다"

"할아버지! 사랑해요"

"아빠하고 닮았는데~

누구셔요?"

"아빠의 엄마란다"

"할머니! 사랑해요"

2021. 1. 4.

영재교육

프로는 아니더라도
실력 있는 기타리스트로 키우고 싶다는 산들 아버지

언제 처음 기타 잡아 보았냐고
인터뷰 요청 들어오면
7개월째부터라고 대답해야겠다는 산들 어머니

나도 한몫했노라
기타보다는 작은
우크렐레 먼저 치라 건네주었다는 산들 할아버지

그 기타
그 우크렐레
다 내가 치딘 악기였다 말하는 산들 할머니

손주들이 오면
웃음거리와 글감이 한없이 피어오른다

2021. 3. 1.

한동대학교와 엄마 아빠 그리고 나

아빠가 중학생일 때 가족 여행 코스 한동대학을 다녀간 후
아빠 3형제 모두 한동대 동문이 되었대요

아빠는 한동대 성가대에서 만난 여학생과 사랑에 빠졌는데
7년이란 세월 한 여인과 연애 끝에 결혼을 하셨죠
무슨 소리인지 잘 모르겠지만 더 이상은 중처럼 못 살겠다고
학생 신분으로 형들을 제치고 결혼 허락을 받아 내신 거죠

아빠는 학생 신분으로 졸업한 엄마는 학교로 출근하며 행복주택
7평짜리 신혼집에서 알콩달콩 살다 제가 생겼대요

엄마 배 속에서부터 들락날락했던 한동대학교는 아빠 졸업과 동시 부천으로 이사 갔다 출생 10개월 만에 가 보았어요

마음 상한 사람들의 이야기를 가지고 특강하는 아빠의 모습을 보고 엄마와 나는 얼마나 자랑스러웠는지 몰라요. 아빠가 14세에 한동대 탐방 왔다가 31세에 특별강사로 강단에 섰으니 저는 벌써 싹이 보이시죠

한동인성교육 때도 나눔을 했는데 스크린 앞에 목사님이 안고 있는 아이가 저랍니다. 기억해 주시고 기도해 주셔요

2021. 5. 26.

돌잡이

오~ 하늘 아버지시여!
나를 이 땅에 보내 주시고 1년 동안 잘 키워 주셨으니
앞으로의 모든 생을 인도해 주실 줄 믿고 감사를 드립니다

오늘 돌잡이 무엇을 잡으리이까?
"수고하고 무거운 짐 진 자들아 다 내게로 오라"
두 팔 벌려 인간을 안으신 예수님을 본받고 싶습니다

그렇다면, 성경과 찬송가를 잡아야겠지요? 성경 말씀을 실천하며 찬송의 제사를 드리며 기쁨으로 살겠습니다. 아빠의 흐뭇한 미소와 할아버지 목사님의 감동이 밀려옵니다

맨 처음 성경을 잡았다고 성경을 찬송가 뒤에 숨겼는데 또 찬송을 잡았다며 식구들이 모두 소리를 치며 박수 하는 바람에 놀라서 울고 말았어요. 내 아직 어려서 모르겠지만 성경이 그렇게 대단한 건가 봐요

2021. 7. 11.

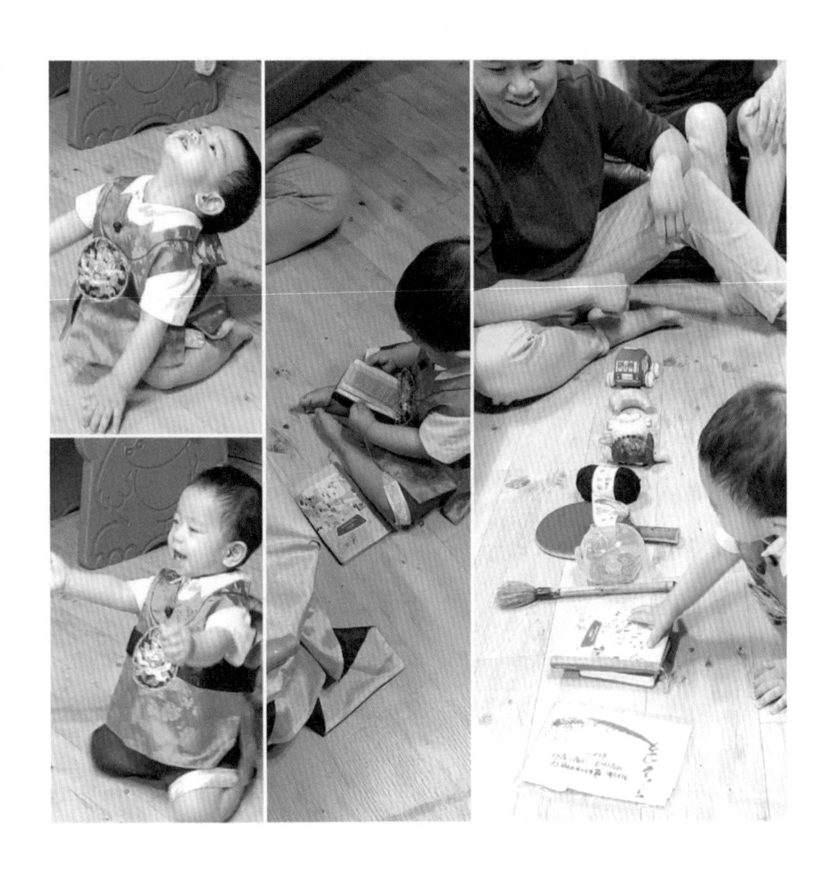

성경인물카드 뽑기

제 돌잡이가 특별했으면 좋겠었는지
아빠는 성경 인물 9명을 택해 카드를 만드셨고
엄마는 케이크 위에 놓을 데코를 만드시느라
밤늦게까지 고생하셨어요

저는 다윗, 모세, 요셉 3개를 뽑았지요!
휴~ 혹시라도 가룟 유다가 나오면 어쩌나 긴장했는데
다행이지 뭐예요

열심히 주를 따라다니다
끝이 안 좋으면
그동안의 모든 것이 꽝이잖아요

코로나로 거리 두기 하는 이 시대에
물질의 유혹으로부터
거리 두기 하는 것도 훈련해야겠어요

2021. 7. 11.

색의 마술

가을이 아름다워 왼손 엄지 척을 하며
단풍나무가 빨갛게 은행나무가 노랗게
제 옷은 파랗게 물들었다 했어요

빨강, 노랑, 파랑 삼원색으로 모든 색을 만드는데
두 가지를 섞으면 명도가 낮아 어두워지고
세 가지 섞으면 검정색이 된대요

색은 섞는 양에 따라 각각 다른 것처럼
사람도 똑같은 사람이 없고 신묘막측
각각 다르게 생겨 개성 있고 멋진 거래요

비슷한 색깔끼리도 잘 어울리는 것처럼
비슷한 사람끼리도 잘 어울리고,
정반대인 보색끼리도 잘 어울리는 것처럼
정반대의 사람끼리도 큰 시너지를 발휘하는 것을 보면
색과 사람의 조화는 닮은꼴이고 마술인 것 같아요

아름다운 색깔 아름다운 세상

할미와 만들기로 했어요

2021. 11. 7.

휴식

산들바람 솔솔
맑고 청명한 가을 하늘

복음동산에서 맘껏 뛰놀다
가을에 취해 몸을 가누지 못하고
할미 품에서 잠들었어요

나를 어깨에 들쳐 메고 가는 길에
노란 낙엽을 이불 삼아 잠잘 채비하는
은행나무가 겨울준비를 하고 있어요

나도 내일을 위해 잠잘게
나무야 내년을 위해 잘 떨궈라

안아 주시고 어깨에 메어
안전한 곳으로 인도하시는
하늘 아버지의 마음을 느껴 봅니다

2021. 11. 7.

산들 코로나

엄마의 사회복지사 실습 첫날 외할머니와 종일 놀았는데
저녁부터 고열로 밤새 한잠 못 자고 보챘어요
내가 어디서 옮았는지 양성, 이틀 후 동생 임신한 엄마 확진이어
서 아빠가 확진되었어요

온 식구 방콕여행 시켜 놓고
아빠 어깨에 올라 세상을 바라봅니다
세상 20개월 살다 코로나 확진되었으나
아무리 아파도 가족이 있어 든든해요

아빠! 매일 일만 하지 말고 나와 놀아 줘요
아빠에게도 쉼이 필요해요
나는 백신도 안 맞고 이틀 고생했는데
아빠 엄마는 맞았으니 곧 괜찮을 거예요

강화에서 격리하고 계신 큰아빠!
큰엄마 입덧하시며
에너지 넘치는 해솔 형 돌보시기 힘드시니

언능 나아서 오셔요

2022. 3. 21.

기도할 때

할머니! 기도할 때 왜 눈을 감아야 해요?

기도는 하나님과 대화하는 것인데
사람하고 대화할 때는 사람의 눈을 잘 보고 이야기하듯이
하나님과 대화할 때는 하나님께 집중하려고 눈을 감는단다

눈을 감고 외부의 빛을 차단하여 내부의 빛을 찾음으로
마음의 눈을 떠서 하나님과 이야기 하는 것이란다

할머니는 식사 기도하다가 눈을 살짝 뜨고 음식을 바라볼 때가 있었지~ 그러면 감사의 마음은 사라지고 빨리 먹고 싶은 욕심이 생겨서 눈을 꼭 감았단다

어른도 그런데 어린이가 눈을 계속 감는 것은 쉬운 일이 아니지~
그래서 훈련이 필요한 것이야

땀 흘려 수고하신 농부님들
밥을 만들어 주신 부모님

햇빛과 비를 주신 하나님께 감사하고

이 땅에 배고픈 이웃들을 위해 기도하고

함께 나누는 삶을 살자

2022. 4. 15.

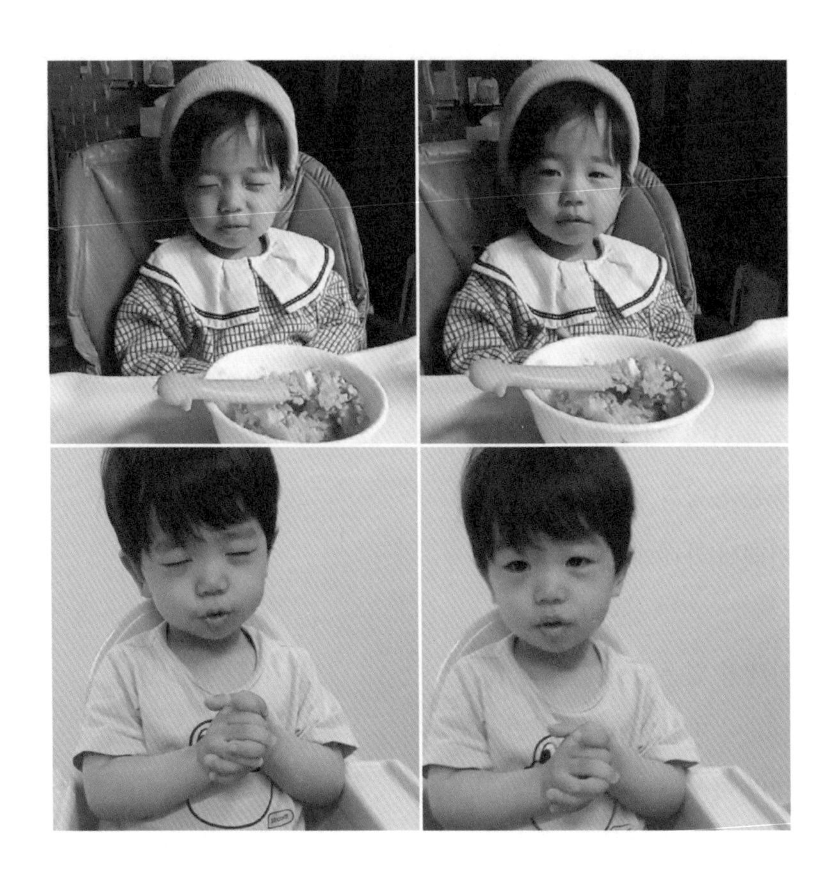

카페 하네

시루산이 훤히 내다보이는 하네 카페에 갔는데
꽃들이 얼마나 예쁜지 만져 보고 싶었어요

예뻐서 만질 때에는 동의를 얻어야 한다는데
꽃이 말을 못하니 경계를 존중해 주기로 했어요

일본 가이드이셨던 사장님이 주신 우유가
얼마나 맛있던지 턱에 흘린 것도 몰랐어요

꽃과 나비, 새들과 애완견들
좋은 음악과 음료
이래서 카페에 가나 봐요

하네가 일본어로 '날개'래요
날개야 바람 타고 높이 멀리 날아
대박 나서 좋은 일 많이 해라

2022. 4. 24.

afe HANE

아빠는 명강사

엄마, 아빠가 사랑에 빠졌던 한동대로
아빠가 강의를 하러 가시면
우리 가족은 함께 가족 여행을 가지요

강의 전 마이크가 작동되나 점검해 드리고
아빠 무릎에 앉아 저의 총명한 '기'를 팍팍 전해 드려요

아빠는 의대에 합격했는데 포기각서를 쓰고
한동대 졸업 후 정신보건 사회복지사로
마음이 상한 자들을 돌보시며 행복하게 살고 계셔요

좀 전에 무릎에 앉아 강의 내용을 살짝 훑어보니
약물을 공부하는 의사가 하는 일
사회적 약자를 돌보는 예수님이 좋아하신 일
오늘 같이 가르치는 교수가 하는 일
모두 다 하시는 우리 아빠 정말 멋져요
그런 아빠를 알아본 우리 엄마는 더 한 수 위인 것 같아요

2022. 5. 11.

313
코로나-19 예방을 위해
강의실 이용시
부탁드립니다!
PUSH

담쟁이넝쿨

담쟁이넝쿨은 요술 발이 있나 봐요
교회 종탑과 높은 소나무에도 잘 올라가고
목이 마른지 물 있는 돌절구 안으로 들어오고 있어요

교회 마당 소나무를 휘감고 올라가는 송담은 당뇨에 좋다니 왕할머니 드려도 되겠지만 건물이나 바위를 타고 올라간 것은 독성이 있어서 먹으면 안 된대요

미국에서는 그리스도인들을 담쟁이넝쿨이라 표현하는데
죽음에서 부활로, 절망에서 소망으로 일어서는 신앙의 힘이
벽을 넘어 일어서는 담쟁이를 닮아서 그런 것 같아요

영어로 담쟁이넝쿨을 아이비(ivy)라 하는데
아이비리그는 미국북동부 유명한 8개 명문 대학으로
할머니 외사촌 동생 지혜 할머니도 아이비리그 졸업
조카인 제헌 삼촌도 아이비리그에 합격하셨대요

얼마나 좋은지 나도 한번 가 봐야겠어요!

그때면 할머니가 80살이 넘을 텐데 그때까지 담쟁이넝쿨처럼 전진하셔서 저와 함께 아이비리그 여행 약속해요

2022. 6. 24.

솜사탕

구름 모양
솜사탕

입 속에서
스르륵

다 먹은 후
구름처럼
둥둥 떠다닐까 봐

엄마의 손을
꼭 잡았어요

2022. 6. 6.

숨바꼭질

할아버지는 숨바꼭질의 달인

아빠를 키우실 때는 물론
손주들을 만나면
언제나 숨바꼭질을 잘하신다

남자는 숨바꼭질을 잘해야 한다고
할머니가 말씀하신다

할아버지가 할머니를
아빠가 엄마를
잘 찾으신 이유라니까
나도 숨바꼭질을 잘해야겠다

2022. 6. 24.

아멘 할아버지

강화 할아버지는 나만 보면
박수를 친 후 한 손을 번쩍 올리며 "아멘"
또 두 손을 번쩍 올리며 "할렐루야" 해 보래요

할머니! 그게 무슨 뜻인가요?
아멘은 '성경 말씀에 나도 동의한다'는 뜻이고
할렐루야는 '하나님을 찬양한다'는 뜻인데
어린 너에게까지 그러시는 것은
직업병이니 이해해라

지금은 어려서 무슨 뜻인지 모르고 하지만
나중에 알게 되면
이보다 좋은 것은 없다는 걸 알게 될 거야

할아버지가 아멘을 좋아하시니
별명을 아멘 할아버지라 불러야겠어요

2022. 6. 24.

요술 절구

할머니네 가면 요술 절구가 있어요

하늘도 들어 있고 가끔 구름도 들어 있어요
나무도 들어 있고 가끔 새도 들어 있어요

내가 가까이 가면 나도 들어 있고
할머니와 가면 할머니도 들어 있어요

돌멩이를 던져 보면 동그라미를 그리며
사라졌다 다시 나타나요

그 속이 얼마나 크기에
이런 것을 다 담을 수 있을까?

사람도 마음이 크면
많은 것을 담을 수 있대요

2022. 6. 24.

콩나물

강화 할미가
콩나물에 물을 주시며
물이 다 빠져나가도 콩나물은 자라는 법이니
눈에 보이지 않아도 포기하지 말고
될 때까지 하라고 하셨어요

부천 할미가
콩나물 손질하는 법을 알려 주셔서
검정 껍질을 하나씩 떼어 냈더니
꼼꼼하고 진득하다고 칭찬해 주시고
씻으며 촉감 느끼기와 소근육 운동을 하였어요

어제 동생 낳아 미역국만 드시는 엄마에게
내가 준비한 콩나물국을 드려야겠어요

콩나물은 몸의 붓기 빼 주는 효과도 있다는데
예쁜 울 엄마 많이 드셔요

2022. 8. 22.

날개 아래

큰나무 캠프힐 양계장 닭들은
아파트식 좁은 닭장이 아니라
넓은 마당에서 신나게 뛰어놀아요

열심히 놀아서 배가 고팠는지
내가 가니 먹이를 주는 줄 알고
나 있는 쪽으로 몰려왔어요

엄마 닭이 "꼬꼬꼬꼬" 하니
새끼 닭들이 일제히
엄마 닭 품으로 숨었어요

나도 숨을 수 있는 엄마 품과
아빠의 어깨가 있어요

암탉이 병아리를 날개 아래 품듯
우리를 돌보시는 하나님 아버지가 계시니 좋아요

엄마 닭의 “꼬꼬꼬꼬”가 무슨 소리인지

들을 귀가 필요하죠

2022. 8. 28.

뵈뵈중창단

매주 금요일 부천 할머니 뵈뵈중창단 연습하시는 교회 따라가서 먼저 기도를 드린 후 단원들의 얼굴과 서는 자리를 익혀서 자리를 찾아 드려요

반주자 선생님 지도 따라 찬양을 배우는데 서당 개 3년이면 풍월을 읊는 것처럼 제가 동생 태어난 뒤 3개월째 다녀 보니 노래, 악보 보기, 시청, 청음, 지휘까지 알 것 같아 지휘를 해 보았어요

선율에 몸을 맡기고 왼쪽, 오른쪽 파트 나올 때 사인을 주고
목구멍을 크게 열어 입 모양을 벌리는 시범을 보였더니 모두 칭찬해 주시며 제가 있어야 연습이 더 잘된대요

고린도 겐그레아 지방 뵈뵈처럼 하나님께 순결하고 헌신적인 일꾼, 누군가에게 보호자가 되는 아름다운 삶을 살겠어요.
제가 필요한 곳에 도움이 된다면 언제든지 달려갈게요

2022. 10. 14.

엄마 얼굴

할아버지가 모래 위에서
엄마 얼굴을 그려 주셨는데
가만히 들여다보니
엄마 얼굴이 아니에요

엄마는 얼굴이 작고 갸름한데
그린 얼굴은 동글고 크고 넓적해서
가만히 들여다보니
할머니 얼굴이에요

할아버지는 할머니를
좋아하시나 봐요

내가 엄마의 얼굴을
작고 예쁘게 그려야겠어요

2022. 10. 17.

오빠야

열매야!

나 산들 오빠야

잠잘 때도 걱정하지 마

놀라지 말라고

손잡아 줄게

놀 때도 걱정하지 마

머리 딱딱하지 않게

팔베개해 줄게

이담에 크면

해와 달이 된 오누이

동화책도 읽어 주고

썩은 동아줄도 만들어 보고

재미있게 놀자

2022. 11. 9.

전위예술

할아버지!
기타는 줄로만 치는 것이 아니에요

몸통을 두드리다 목을 쳐 보면
울림의 크기와 소리 색깔이 달라요

백남준 아저씨가
피아노를 치다 망치로 때리고
속에 이물질을 넣는 이런 행동은
창조를 위한 파괴라는 것이죠

어디까지가 예술인지
포스트모더니즘 시대에
고민하지 않을 수 없게 되는데
예술은 길고 아름다운 것 같아요

2022. 11. 12.

2-6
손주 열매와 진솔

안수 기도

태어난 지 85일 만에 강화교산교회에 처음 갔는데
인형같이 예쁜데 예배도 잘 드린다고 모두 칭찬해 주셨어요

예수님이 어린아이를 앉고 축복해 주신 것 같이
할아버지 목사님께서 제 머리에 손을 얹고 기도해 주셨어요

"하나님!
박한길 신온유 가정에 열매를 새 생명으로 주심 감사드립니다. 지혜와 명철과 건강을 주시고 은혜와 사랑 안에서 아름답게 잘 자라게 복을 내려 주옵소서!
부모가 기도하면서 믿음으로 양육할 수 있도록 지혜와 능력을 더하여 주시옵소서! 예수님의 이름으로 기도드립니다"

아멘!
믿음으로 잘 커서
이름처럼 많은 열매로
하나님께 드려지는 삶을 살겠습니다

2022. 11. 13.

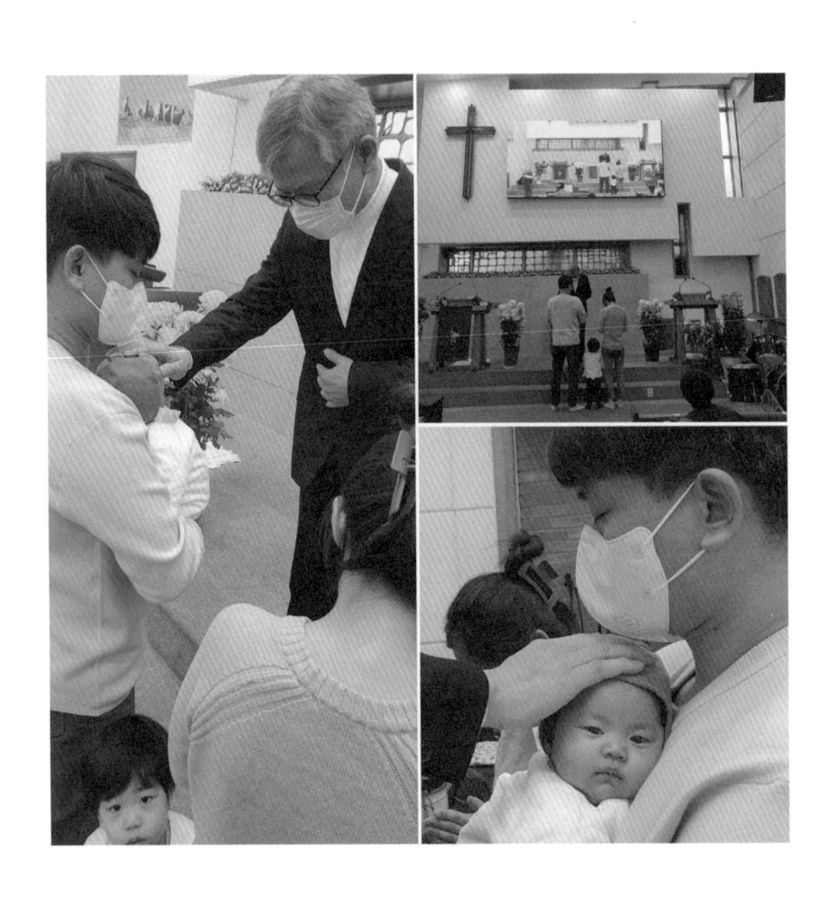

왕이신 나의 하나님

할아버지 기타 반주에 맞춰 산들 오빠가
"왕이신 나의 하나님" 노래를 불러요

누워서 듣다가 보니 음정, 박자 너무 정확해서
머리를 들어 귀를 쫑긋 세웠어요

이 복음송은 찬송가에 없는 곡인데
오빠가 아직 글씨를 모르나 봐요

그래도 악보와 글씨 거꾸로 보지 않고
바로 보는 것만으로도 대단하네요

산들 오빠 파이팅!

2022. 11. 13.

본 아트

2022년 10월 27일 오후 7시 40분
3.66kg로 태어나 보니
할머니 회갑년 저와 띠동갑이시네요

회갑기념 시집 출판이 늦어졌으니 망정이지
제 이야기가 빠질 뻔했어요

손주들 사진 찍어 주시고
사진을 보고 글도 써 주시고…

제가 글감 많이 드릴 거예요
동갑이니까…

진리의 소리를 외치는 참된 소나무 진솔

2022. 10. 27.

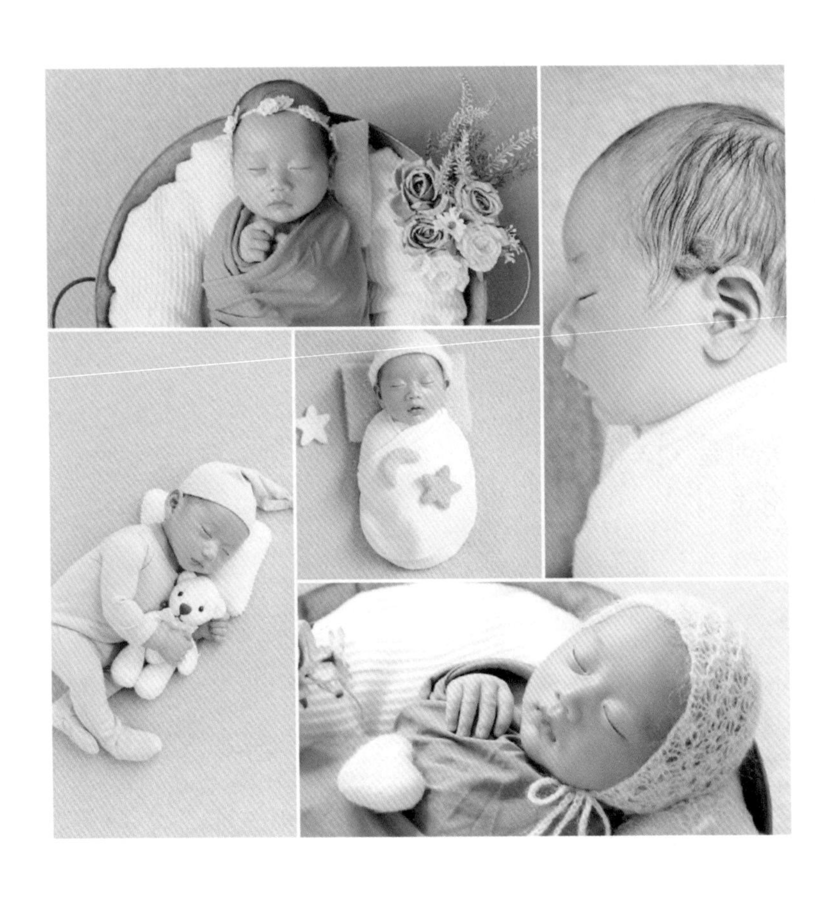

홍해를 가르는 경운기

초판 1쇄 발행 2023년 4월 20일

지은이 김미향
펴낸이 이기봉
편집 좋은땅 편집팀
펴낸곳 도서출판 좋은땅
주소 서울특별시 마포구 양화로12길 26 지월드빌딩 (서교동 395-7)
전화 02)374-8616~7
팩스 02)374-8614
이메일 gworldbook@naver.com
홈페이지 www.g-world.co.kr

ISBN 979-11-388-1818-6 (03810)